发菜

梵向山 著

北方文艺出版社

图书在版编目（CIP）数据

发菜 / 梵向山著 . -- 哈尔滨：北方文艺出版社，2021.4

ISBN 978-7-5317-5063-5

Ⅰ.①发… Ⅱ.①梵… Ⅲ.①长篇小说 – 中国 – 当代 Ⅳ.① I247.5

中国版本图书馆 CIP 数据核字 (2021) 第 004543 号

发 菜
FACAI

作　　者 / 梵向山	
责任编辑 / 富翔强　徐昕	封面设计 / 叶郝佳
出版发行 / 北方文艺出版社	邮　编 / 150008
发行电话 /（0451）86825533	经　销 / 新华书店
地　　址 / 哈尔滨市南岗区宣庆小区 1 号楼	网　址 / www.bfwy.com
印　　刷 / 黑龙江艺德印刷有限责任公司	开　本 / 880mm×1230mm　1/32
字　　数 / 105 千	印　张 / 6
版　　次 / 2021 年 4 月第 1 版	印　次 / 2021 年 4 月第 1 次印刷
书　　号 / ISBN 978-7-5317-5063-5	定　价 / 48.00 元

在草原上有一种蓝藻，它形同头发丝，
故而被称为发菜。

发菜
facai

目录

开首
草原上正午的太阳
001

第一部分

一　煤油灯下的一家人 /019
二　小花的幸福和忧愁 /032
三　张明福回来 /044
四　张明亮的滑铁卢 /055
五　喜事连连 /065
六　小花父母来认亲 /077
七　张明旺陨落 /087
八　张一葳发誓将来报恩 /094

第二部分

一　张一葳的高三生活 /101
二　张一葳的大学生活 /110
三　张明福离开农村 /117
四　张辉的职业生涯 /125
五　张一葳事业腾达 /132
六　小花一心一意养猪 /137

第三部分

一　张明福失去儿子 /143
二　张一葳无限自责 /149
三　张明福孪生弟弟出现 /156
四　张明福又失去妻子 /162
五　张明福回到农村 /168
六　张一葳开始滑落 /173
七　张明福病榻前尽孝 /178

结尾
一盘发菜
182

后记
186

开首

草原上正午的太阳

草原上静悄悄的,正午的太阳正毒,烤得空气都充满了一种焦热,而晴空万里又加剧了这种焦热。然而草原似乎更美了,它要比一天当中其他任何时候都明亮,没有斜拉的悠长的影,绿也由翠绿变成了黄绿,而且越往远处黄越重,若不是有山挡着,天际线也应该是这种黄。山上偶尔有苍翠,那是树,当苍翠和黄绿遮不住山的全部身体时便显出那处地方的贫瘠与苍凉。

今年的草就算是高的了,可以没踝,有些深凹处,甚至能及小腿肚。许多顽强的小花就生长在这些草里,浅处是石竹、点地梅、蓝盆花、地榆、野罂粟、北柴胡、蓼花、狼毒花、翠雀、金露梅,还有一些叫不上名来的;深处是蒲公英,并且成片成片的,远看上去黄澄澄的如同人工种植的一样,但其实它们是野生的,繁茂的情形有点类似远处那一片野韭菜,不识的人还以为是麦子。

浅草里的花由于都比较分散和碎小，得走进了才能被发现，却往往在第一眼时就给人以新奇感，因为它们都是些不常见的花，且颜色不是紫就是黄，要么就是白，代表着高原特有的色彩；深凹处的蒲公英倒是很常见，春天一到，它就出现在人们的眼里，先是细柄绿叶，接着开黄花，然后就是结一个个毛茸茸的球，经风一吹，吹散后的种子就搭载着细毛到处飞，去寻找它们的安家之所。

　　然而像这样大片的蒲公英在草原上毕竟罕见，形成原因全拜环境所赐——地势低洼，简直形如一条沟，里边的温度高于外头，如此便有利于蒲公英的成长，另外也是因地势低洼，蒲公英的种子随风扩散范围有限，最终导致一部分甚至大部分只能在本地扎根生长。

　　草原上有真正的沟，由带石的泥土形成，狭长而壁深，适于人隐藏，而此刻这样的沟里就正趴着一个人，也正被杲杲烈日晒得头昏脑涨。他想喝点水，却又不敢动，一动就不是一只死羊了。他在装死羊，如此才不会惹人注意。不远处蜿蜒着一条河，似丝带一般穿过草原，他只有夜晚才能看见它清凉的面容，而那时候他急于取水埋锅造饭，在趋近那条河时动作既迅疾又小心翼翼。他怕被牧人发现，尤其是警察。警察会没收他的自行车，那是他回去的交通工具；还会收走他的耙子，那是他用以采撷目标物的用具；也会端走他的锅，那是他做饭、烧水和吃饭三合一的器物。

除此，他就没什么好担心的了，水壶挂在肩膀上，衣服穿着从来不脱，一件羊皮大氅既当褥子又当被子，紧要关头往身上一裹，防露水用的塑料袋他预备了好几条，失去一条他可以再找出一条来，况且警察向来也不动这些东西。此外就剩一只取水小桶和一只大茶缸了，用网兜网着，被石头压着放在深草处，就是没了也不打紧。

他把自行车藏在一个地方，把锅藏在另一个地方，耙子有时带在身旁有时也把它藏起来。此时此刻他倒是一样也用不着，他只等着天黑，具体到眼下则是只等着能有块阴凉地。写到这里需要解释一下，这条沟纵然深，可无奈他身处的这一段偏东西向，所以等着沟里有阴影，且得一会儿呢！

他倒是尽可以躲到南北那一侧，但去那里不仅得绕很大一个弯，而且还要再往深了走，他心理上显然不能接受，因为如此一来就离水源远了，而干净的水源在他心目中的地位与其说是首要的，不如说是神圣的。他永远忘不了第一次来这里时的情形，那时由于害怕，就尽可能地躲着牧人，而牧人带牛羊来喝水一定在河边活动，于是他找了块远离这些人视线的地方，守着一个大水坑过了几天几夜。水坑里的水是下雨时积下的，头几日倒也好用，水尽管不清澈，沉淀一下再用锅一烧也勉强能使，但突然有一天水坑里就泛起许多活的生物，它们摆动着细小的纤毛游来游去，也亏得他在村头那条孩子们经常嬉戏的水塘里见过这些玩意儿，否则他真能被吓坏。他硬着头皮从里头取用了一些水，尽量避着那些生物，并且还用纱布过滤了，却也在当晚只吃了饭没敢喝水。饭是煮干面片，他也没敢多放盐，把喝汤权当喝水了。

第二天一早，他嘬了嘬草叶上的露水解了解渴，另外也就着草叶往小桶里采集了一点，他不敢太痴迷，因为他还有任务要完成，早晨五点到八点是黄金时刻，错过了，这一天就等于白来了。就这样他又凑合了几日，直到有一天水坑里浮游的再也不是纤细的纤毛物，而是蚕豆大小的软体物，并且肚皮朝上像是嘲笑他似的，他便再也待不下去了，他直觉得恶心，于是立刻打道回府。

再来便是冬天了，这个季节最好，牧民们赶着牛羊去了冬季牧场，这里只剩一片广漠，天地间除他之外，很少能看到人，要有也是如他一样肩负养家责任的。这时候，牧人们留下的一些器物和设施可以使用，他也可以放心地烧他的牛粪，只是依旧害怕因烟气引来别人关注，在点火时总要先浇一些煤油上去助燃。河结冰了，他就砸冰块放到锅里烧，此时他再也不用担心喝到不洁的水了，那样的水只在夏季才有，而他也自那以后决定再也不碰那种水。也许是冰块晶莹的色泽触发了他的童心，有一次他拿起一小块碎冰凑近一只眼对着落日窥照，待到看清里头驻留着的那个彩色世界时，心底便升腾起了一种无上美好，接下来他便像对待神物一般,不再粗鲁地把冰块扔到锅里了事,而是轻轻放置,嘴里同时念叨了一句:"今天的饭一定好吃。"这可能是他来到这里之后说的唯一的一句话,其他时候他都保持沉默,所以等到一段时间后他回到家,刚一开口说话竟然都有些口吃。

仿佛是个仪式,从那后他就对草原上干净的水充满了敬意,但他并未敬而远之,而是努力靠近,即使冒再大的风险他也情愿。其实风险也还是被人捉到,因此他大部分时间也都是找个地方躲起来,吃罢饭便钻进羊皮大氅里,外面再套一个塑料筒袋,只露头在外面,戴着帽子,脖套拉到鼻上,第二天一早眉毛、睫毛、嘴和鼻四周分别结满了霜,若是遇到下雪,就成了圣诞老人。

他倒是希望下雪,薄雪最好,这时隐在下边的一种同金子一样精贵的东西就会显形,由看不见变为看得见,黑黑的,韧性又好,不用担心它会断,卖不上价钱。

这就是发菜,草原上特有的一种蓝藻,因其形状似人的头发丝而被称作发菜,不过在当地有个更为通俗的称谓,叫"地毛"。

在那个信息来源不广泛、人们多半只是道听途说的年代,对于发菜究竟有何用处,人们只听说是治疗高血压,而这高血压又是外国人才得的,因为都出口嘛,经由地则是广州。

然而遇上这样绝好的下雪天,他也不是不停地在那里使耙子搂啊搂的,工作时间依旧只有早晨那几小时,只不过由于冬天天亮得晚,变为了六点到九点,一过九点他就又立刻钻入了"套筒"内。

太阳一出,水分一蒸发,发菜也就如同变魔术一般隐形不见了,而这也是他选择钻入"筒"内的原因,但避人是主因,否则他何以遭那份罪,在里边一动不动?

冬季靠雪,其他季节靠露水,采发菜的人就是凭着这些条件发现发菜的。有雨当然行,可没人期盼下雨,因为下雨时人都很狼狈,夜晚还好,可以找个地方躲雨,白天则为了避免暴露,只能撑着一块塑料布苦挨。

电闪雷鸣最可怕,在草原上不是没有发生遭雷击的例子,所幸有时候他如果观察到天象有大的异变,例如浓云翻滚、云层快速移动,就会提前挪到安全的地方。其实在太阳带饵、月亮带饵的情况下他已经开始警觉了,知道这预示着第二天或许就会有雨来。

这一年的春天他来时没遇上一场雨,但就是风大,吹得头上的帽子戴不住,最终他从腰间截了段绳下来沿着头围勒了一圈才算解决了。已是阴历4月份,草还没有泛青,天上的云团却已经形成,一簇一簇的,随着风飘动。草原的美已具雏形,只待几场雨之后的7、8月份来到,那时就是天堂也只能是那般模样了。

草枯时节最有利于采撷发菜，但春季这次他的收获并不大，统共连草顶多也就七八斤，等到未来摘拣出来差不多仅有半斤纯品，卖给供销社能卖几块钱，卖到广州虽多些，也依旧只十几元。

于是很快他又来了。这一回他打算多待一段时日，可就是取水问题令人头疼，牧人们由冬季牧场移回夏季牧场后频繁地在河边活动，他也就只能趴在沟里静候日落，而眼下则正被正午的太阳晒得昏头昏脑。

终于，沟里迎来阴影，他就如同一直被绑缚着刚刚才得到释放一样，瞬间变得轻松了不少。他借着阴影活动了活动身体，接着又摸出水壶喝了一口，但旋即就拧好盖放下。他不敢多喝，担心上厕所。

等到黄昏一来到，他再也听不到远近有羊群的"咩咩"声，便慢慢地爬上了沟，观察一阵之后，他找来他的锅和桶，取水时先将锅盛满，再把桶装满。他不敢喝生水，脾胃弱，害怕拉肚子，带回去的水一定都要烧开，烧开后则是先灌水壶再做饭。

草原上黄昏的美他从来都是忽视掉的，那一刻他在为一天的一顿饭而忙乎，什么火烧云，什么落日霞光，什么彤云暖靆，通通不在他视线里。三块石头撑起一口锅，下面是牛粪，他观察的是这里边的燃烧。永远都是面片、挂面，煮熟后拌上从家里带来的咸酱，一般都是鸡蛋，肉吃不起，也见不上。家里倒是养猪，但那得冬天才能杀，何况杀了之后一多半要拿出来卖，而留给自己家的，则往往等到天稍一暖和，即过年后不久，便被吃个精光。所以即使冬天出来，他也依然带的是鸡蛋酱，而鸡蛋又是家里养的鸡下的攒下来的。冬天自然鸡不下蛋，村里人挺会储存鸡蛋，都是放在麦麸里或是草壳中，如此就能放得长久一些。

　　鸡蛋酱吃完后，他就只吃盐，都是那种大粗盐，锅沸时扔几粒进去，他照样吃得挺香。饭后有一个必定环节，那就是冲泡一大缸子砖茶，酽酽的，喝下后，他就再躺回到套子里，由此靠着这一缸子茶熬过一夜。草原上夏季的夜晚依旧很冷，但毕竟不同于其他季节，他可以静躺着观星和想家。星空很低，星星又很稠密，有几颗还一眨一眨地放射着光芒，只可惜他不是天文学家，他只想着能往家里多弄一些发菜回去。

　　家里有一个寡母，驼背弯腰，一个大哥，智力欠缺，一个二哥，民办教师，一个四弟，高中补习，一个五弟，辍学务农，一个六弟，今年初三，一个小妹，尚处年少。

　　这就是家庭成员，加上他全家八口，生活来源就是家里的那些地。地倒是不少，无奈靠天吃饭，而且都很贫瘠，每年产下的粮刚够吃，遇上灾年，扣除公粮，全家人的肚子就得受委屈。经济收入靠卖鸡蛋、卖猪，羊不能卖，还指望着它们身上的羊毛呢，再就是他搂回去的发菜了。二哥虽说挣工资，但挣的还不够维持他个人的开销呢，民办老师工资本来就低，何况母亲还让他攒着娶媳妇！他自己又能攒几个，还不得靠全家人帮忙？大哥看那样子母亲也不打算给他娶亲了，你不看他都多大了，也从没听她提过一句。

他1960年出生，大哥1952年出生，二哥1956年出生，四弟1963年出生，五弟1965年出生，六弟1966年出生，小妹1971年出生，而这一年是1982年。

1982年，距离父亲患病去世已有两年多，父亲患的是肺癌，成了远近村庄的第一例，确诊是在部队医院，之后回来等死。那时刚刚土地承包，粮食还长在地里，家里没钱为他治疗也没法治疗，他个人又坚决拒绝，六个月后便撒手人寰。

他永远也忘不了父亲在陷入昏迷之前召集他们这帮孩子近前，一一嘱托要相互友爱、相互帮助、帮着母亲撑起这个家，而那一刻他也明白，父亲这盏枯灯行将熄灭。

他先前没听说过癌症，不知道那是一种何等摧残人的东西，等到在父亲的身上看到，才清楚那有多么可怕。父亲最后瘦得皮包骨，身上的肋条一条一条，但令人尤为惊惧和心痛的还是他那张脸，酱黑如染，上面的一双眼睛，疲倦而无望，却又似乎汇聚了所有的寒气。

有一天父亲在他曾经整日里坐着的那张破炕席下摸出

一块钱，作为他唯一的财富交到了母亲的手里，母亲转手给他买了几只冻柿子，可他已咽不下了。他最后只喝面糊。二哥给他买回了各式罐头，有橘子的，有山楂的，有黄桃的，他却仅喝了点汤……

唉，对着月亮想起这些让他心头一阵哀伤，而月亮又圆圆的，他心想该不是已经到了七月十五了吧？第二天做饭时他往火里烧了一把挂面，权当是祭奠了，他没有纸可烧，就连一张草纸都没有。

他想家里其他人永远想的都是煤油灯下的他们，二哥不在，剩下的除了大哥和小妹，都在灯下一边拣发菜一边聊天。母亲乐观，爱谈笑，弟妹们性格温和，总也温柔地应和着。小妹有时候爱撒撒娇，大哥则出来进去地也不知在忙点啥，嘴里同时兀自叨咕着。他说话轻微有点不利索，但不影响与人交流，就是智力其实也没村里人想的那么差劲，只是爱较真，脾气有点倔，人们说话得顺着他点儿才行。

大哥倒是在干活上一点也不输别人，喂羊、挑水、侍弄地，样样靠得住，可就是喜欢到处溜达，也不同家里人打声招呼，害得家人时常得向旁人询问着点儿他。有时他能一下子走出十好几里地不回头，村里人说是由于不认识回家的路，由此似乎佐证了他脑筋不灵光的说法，然而每一回他都是朝着有亲戚居住的方向去，有时也确实不久就出现在了亲戚家里，只不过随后都得等有伴时亲戚才安排他一并回来。

关于大哥到底自己能不能回来，家里的意见是能，因为有一回也是一整日不见他，再见他便是手里托着个西瓜迈进门槛里来，问他他说赶集去了，而那赶集的地方距家至少二十里。

但也有一回害人担心，他与同村人一道看戏去了，戏结束了，别人都回了来，唯独不见他，问人说他早就走了，可他却是在凌晨三点多才到的家，而那时与他一起看戏的人早已经在自家炕上睡了好几个小时的觉了。

四弟现在是家里的花销大户，连着补习了两年，光学费攒在一起也是一笔不小的数目，而且每半年都要带一回粮食，但没人说什么，这不，今年他还想补，母亲就又开始筹划着卖羊毛、卖发菜。家里能出个大学生是全家人的荣光，所以众人总是不遗余力地支持上学之人，另外还有一个原因就是期盼能有人真正走出这农村，自此脱离种地的苦海，不说别的，单说每年秋季蹲在地里使劲用手拔麦就不是人干的活，何况一拔就是一个多月。

六弟还小，尽管也在上学，但学费没多少，而且都是自己带饭，就是个馒头泡酱水，花不了多少钱。

五弟成绩不好，早早辍学回家，虽说个子低矮，却在干活上不比任何一个人差，只是母亲心疼他，巴望他能再长高一点好娶亲，便限制他干重活。

小妹妹是所有人的心尖，人们担心她上学路远、途中没有人做伴，干脆一天也没让她到过学校。她自己也不抱怨，同村人类似她这种情况有的是，也不单单只她一个，况且在前年做决定时，就连二哥也没发话选择了默认。

二哥是家里人的骄傲，由于上学时是同村孩子中最出类拔萃的，1976年高中毕业后被村干部推荐当了民办教师，并且是在公社里当。公社距离村子大概十里地，他一周回来一次，平日里住在学校。如此基本家里的活路他一点儿都帮不上，他也无心帮，有时间就洗衣服、熨衣服，因此只要他在家，家里的火炉子上、锅灶下永远都烧着一把通红的烙铁。但纵使这样，所有做弟弟妹妹的都依旧尊重他，认为那是理所当然的，挣工资的本就应该与他们不同，何况远近的人一口一个"张老师"地称呼着。这就是最大的骄傲，农村人最敬重当老师的人了，而这个"张老师"就出自他们家。

张老师有一手绝活，会双手写字，而且是魏体，所以发展到目前竟然有人请他刻碑，而他也不推辞，母亲担心他给人刻坏了，他说不用管。

他也不让管他的女朋友。关于他先有一个女朋友、再有一个女朋友的事都是从别人的嘴里听说的，他自己一点儿都不透露，母亲问他，他依旧是那句话："你不用管。"

可哪能不管呢，这次若是搂回去的发菜多，再加上上次的那些、来年春天的羊毛,母亲就准备给二哥说亲了,她觉得他自己谈的那些十有八九谈不成,都是些吃市镇粮家庭的姑娘,哪能瞧得上咱这农家?

月亮在天空中又往高升了一截,不知什么时候还披了一条带子在腰间,周围的云像震碎了的冬雪一样,由此便衬托得它更明亮了。他最后想到了家中的那条老狗。对待这只狗,他的心情总是很复杂,它是一个功臣,却也是导致母亲驼背的元凶。

母亲痛苦地弯着腰走了好几个月,直到骨骼适应了新的位置,但也自此成了一个"佝偻老太太"。母亲不怪怨那只狗,却也逢着再端锅跨进门槛时,总要先瞅一瞅它在不在,若是它在门口正当界趴着,她便要么吆喝它起来,要么小心地绕过它。她伤着腰那次就是端着个锅,锅里又一锅水,等到踩到狗的身上时,狗猛然一叫,那一刻是锅也扔了,人也向前扑出去了。他目睹了这一切,尤其在看到母亲随后趴在地上一汪水中一动也不能动时,他当即就恨上了那条狗,等到母亲最终直不起腰来后,他就更恨了。他那时见狗就要踢上两脚,特别见它趴在门口时。他那时十三岁,狗三岁,妹妹两岁,狗没事喜欢往妹妹身边蹭,他见到总要多加两脚。就这样他踢打了狗几年,直到有一天母亲把他叫到身边,对他如此说道:"人得学会原谅!"

他感到心灵震颤了一下,瞬间觉得有些羞愧难当,自

那以后他不再踢狗了,却也还是时常心里有些别扭,不过说到底他还是感激它给他带来个妹妹。

母亲连生了他们五个男孩后就巴望着能有个女孩,其实她早就盼着了,以为还有希望,等到第六个降生的又是男孩时,她彻底绝望了。过了五年后,她动了抱养一个女儿的心思,也正是在这时候,忽一日听到一阵婴儿的啼哭声,狗给叼回来一个!婴儿是放在一只篮子里的,尚在襁褓中,身底压了张字条,上面写着一串字:**"无力抚养,望好心人收留照顾!"**

可以说妹妹的到来使这个原本就充满温馨的家比以往多了更多的快乐,母亲本就爱说笑,这下子话更多了,笑声也更爽朗了。父亲性格温和,他的喜悦仅表现在嘴角那一抹笑里,并且就在当晚便借回了一只带仔的奶山羊,随后天天给那只羊喂最好的饲料。母亲打趣说:"张小花有了羊妈妈了!"

五弟听罢天真地问道:"那捡她回来的狗是她的狗爸爸吗?"

他的问话引来大家哄堂大笑,等笑停住了,家里也拟定了一条禁令出来:以后不许任何人提小花是捡回来的,什么时候也不许。

然而那只狗却总想表达点什么,它对小花倾注了特别的关注,除了挺直身子坐在地上观看人们围着小花忙,有时控制不住还立起来趴在炕沿边往里瞅,一次竟然跳上炕预备舔小花的脸,被人赶忙驱下。

等到小花会爬时母亲舍不得再钉个橛子拦腰用绳把她绑缚,干脆让狗参与进来帮着照看,她要上厕所或去干别的,屋里没有其他人可以托付,小花睡着了倒也罢了,醒着时就把她放到一堆草里,而身旁一定伴着那只狗。

父亲有一回显现了担忧,觉得狗担不起这重任,母亲则洒脱地用手摩挲着狗的头,充满信任和慈爱地说道:"怎么可能呢?家里的'大功臣'怎么能靠不上呢?"

"大功臣"由此而来,而它也确实尽责。说起来这只狗的来历还有一段故事,有懂狗的人说它是一只草原狗,若是放在草原应该是只牧羊犬,却不知怎么就流落到了他家院子里。来时看那样子也就五六个月大,趴在院子里无精打采的,母亲喂了它点吃的,第二天见它没走又喂了它点,自此它就留了下来,待到见有生人来,它吠叫,算是正式成为家中的成员。

和家人熟了之后,它进家来,频繁地撩起大腿坐在地上舔它的生殖器,人们才发现原来上边长满了白色的虫子。父亲找村里的兽医要了些白药面,给它撒上,足足治疗了三个月那地方才完全复原,并且转年春天它就给捡回了小妹,而它来时则是秋天,他清楚地记得一团黄趴在院子的猪窝旁。他没见过那种黄,和熟了的麦子颜色差不多,后来他知道那是金黄。

狗长大了成了村里最帅的一只狗，宽肩束腰，往那一站威风凛凛，但就是喜欢往里屋门口趴。发生母亲摔锅伤腰那次它也没有改，后来便谁进门都得先往脚底下瞅，二哥说拴起来吧，小妹不让，母亲不吱声，人们便知道母亲不同意。父亲自然顺从母亲的意思，另外他也觉得着实没必要。

他那时常见父亲蹲在院墙外抽旱烟，旁边就坐着大黄狗，父亲想事情，狗也似乎想事情，他俩一起望前方的样子还好让他费思量呢！尤其当父亲在地上一敲旱烟袋，狗再一低头看，他就感到父亲是故意表演给狗看的。父亲同母亲一样，喜欢摩挲狗的头，只是不似她那样一边摩挲一边说话而已，但眼中的爱令人看了嫉妒。父亲去世，狗在墓旁守了两天两夜，后来母亲带着小妹将它领了回来，见它垂头耷脑，他想原谅它，却在最后一刻放弃了。

如今想来似乎自己有些苛刻，同一只狗计较本不是他的为人，但母亲趴在一汪水中的那一幕怎么也在心头抹不掉，他觉得还是一切顺其自然的好。

等他从思绪中醒来发现自己想得最多的竟然是家中那只狗，不觉一阵沮丧，沮丧之下他决定立刻睡觉。闭眼前他先动了动身子，随后又再度扫视了一下天空，令他惊讶的是，此时月亮周围的那一堆"碎雪"早已消失，取而代之的是一左一右两颗明亮的星。

第一部分

发菜
faccai

一　煤油灯下的一家人

这是座地处西北的小村庄，因户数少只有一条街，而这条街又家家屋舍朝南地尽量靠着，由此造成了这样一种景象，即站在前面的高处往村子这边望，村子就如同一艘轮船，街道是轮船的一侧通道，房子是船舱，户户人家的烟囱就是这艘船的烟囱。

小村庄免不了要有条水渠，原先是做引水灌溉用的，用来浇队里的菜园子，如今干涸得早已失去原样，里边只剩土了，成了名副其实的土沟，小孩子们使坏，藏在里边想着整蛊，听见有路人路过，抓一把土扬出来，立时让经过之人变得土头土脸，火气连天。

沟就毗邻街道，在村东头与进村的一条路相接，而这条路又从南来往北去，在南边是下坡路段，左边是山丘，右边是一片树林，树林下是水塘，在北边则是上坡路段，得攀过一个大山包才能算是出村。西边倒是平坦，村里人的地就在那里，种油菜、种小麦、种莜麦，夏天也绿油油、黄灿灿的一片，但那得看天，有雨才行，没雨，色彩、腰杆、个头、茂盛，就全都差了，收成可想而知。

值得一提的是村前的那座小山，似乎只要有点雨就往外长出些沙葱、野葱之类的东西，村人们若是有闲工夫，通常也就是些小女孩，便会采点回来在家里做莜面时拌着吃。她们一次不会采太多，也就几根，害怕一次采得太多以后再见不着。春天的时候，山上会开一种黄色的小花，都是一大簇一大簇的，聚集在一种叫柠条的灌木丛上，花开败，结出许多红色的"小豆角"，挑最鼓的那种，掐掉两端，使嘴一吹，就会发出尖而脆的声音，像小鸟叫，只是不够婉转而已。

张小花喜欢吹这玩意玩，只一个人，因为村里没有同她年龄相仿的女孩，即使有她们也得干家务活，况且也真的没有。

有这么多哥哥在，她也不显得寂寞，每天数数羊，再在灯下看看大伙拣发菜，听听他们唠闲嗑，这一天也就过去了。

她有时也参与拣发菜，但她专拣地皮菜出来，为的是能包一顿包子吃。哥哥们也由着她，母亲更潇洒，一见她挑了一小撮出来，随后再听到她请求说："妈，咱们包地皮菜包子吃吧？"母亲就非常爽快地回应道："好，包地皮菜包子吃！"可是单单那么一点哪够啊，最终还得土豆唱主角，所以所谓的地皮菜包子实则是土豆馅的，但就是这样，家里人也像是改善伙食一样，个个乐融融的。

　　这是下午发生的事情，人们闲时下午也摘拣发菜，那中午发的准备晚上蒸馒头的面正好派上用场。张老二回来很晚，这时候虽是假期，他却也老是不待在家，骑十里地自行车估计是约会去了。母亲问他晚上包的地皮菜包子吃不吃，他闷闷的声音回复说吃过了，像是有什么不顺心的事。

　　其他人都不作声，都在低着头就着最近的煤油灯挑拣发菜，油灯高置，带着光圈的火焰映得每个人的脸都呈一种金黄色。张老大在地上不知忙点啥，一边忙一边嘟嘟囔囔道："张……张明亮，一天到晚出去，回来也不说把……把那院门闩好。"人们明白他这又不知重复的哪年哪月的事情，张明亮，即张老二也不和他计较，脱了鞋上了炕，拉个枕头便沿墙根睡下了。

　　第二天他起得很晚，起来就又出门了，不过他这一次不是去公社，而是去了别的村。原来他昨晚听说了民办转正式的事情，而且只有一次机会，他这是去探问别的民办教师还知晓点什么讯息。照理说他不该懊丧，应该兴奋才对，终于等到了，若是通过了就是对高考恢复后别人都参加他却放弃的一种补偿，可就是这"只有一次机会"令他忽然间失去自信。

很快，他又重拾信心。开学后，校长不止一次拍着他的肩膀说："你没问题！"使他觉得稳操胜券，却也有些飘飘然，至于结果如何这是后话，这里先阐述一下这家人的一年四季。

首先是春季，沤肥，清明前后犁地、耙地、种地；其次是夏季，锄地、割草、轮歇地进行第一次翻耕；再次是秋季，轮歇地进行第二次翻耕，之后拔麦子、割莜麦、割油菜、起土豆、储土豆、碾场、收储粮食；最后是冬季，主要活路是饲喂院里的牲畜，产羔早的羊其间会产羔，母子均需要照顾，而类似这样的活动将一直持续到来年初春。

再说日常。一早羊跟着羊倌出牧后，接着就要有人清扫羊圈，羊粪堆起在固定的地方，一来沤肥用，二来晒干冬季暖炕用。还有马。养着三匹，两大一小，圈内的排泄物也需要及时清理，收集起来晒干，冬季生炉子做引火用。

院子也要清扫，羊儿们来去路经时难免会弄污，何况等黄昏它们回来后还要在这里给它们饮水和补喂草料。

然后就是一日三餐、喂鸡喂猪，另加放马、切草和喂料。其间夏季时会有人出去打猪草，冬季时有人在家制作土豆淀粉，榨油是在收籽装袋之后，炒莜麦则是在磨面粉之前，将秸秆喷成碎末是在猪没吃的时，人喝的水一早挑，羊喝的水等羊回来了挑，并且一挑就是数担。

清点羊是张小花的专属权力，种南瓜以及秋末腌一大缸酸菜则是母亲的业余事项。

特别强调，以上所有这些事务，除了打猪草、制淀粉、数羊、喂鸡喂猪、种南瓜和大部分的放马喂料任务，在草原上采发菜的张老三不参与之外，其余的他都参与，而且是主力。他不可能不是主力，家里成员的结构决定了的，他责无旁贷，他也毫无怨言。

他还会做饭、蹬缝纫机和织毛袜，所以第一个上门来为张家说媒的人冲的就是他。

媒人进村时小花看见了，她就蹲在那土沟里，见有陌生人来，便抻着个头使劲瞅。平日里她这村不怎么来人，要来也都是男人，不是劁猪的，就是卖猪仔的，并且从一进村就开始吆喝，粗粝的声音穿透整条街，显得十分难听。她喜欢听卖西瓜、卖香瓜、卖李子的人的声音，感觉透着水灵，然而家里却很少买，其实整个村子都很少买，所以这样的人往往一夏季也只来一两回。

如今来的是个女的，而且是个老太太，头发梳得溜光水滑，身材魁伟，大脚板，走起路来都带着风，若不是她脑后梳着鬏、上身穿着一件斜襟衣服，凭她那一身灰黑和宽宽的大颧骨脸，还以为是个男的。小花倒是随后看见这老太画了眉，很细，向上吊着，像戏台上的人那样。

"这是谁家亲戚？"小花暗忖。

她一直盯着这"谁家亲戚"从她眼前经过，沿着朝西的街道走上一段，到了中间再向右一拐，进了一户人家的大院。

小花"嚯"的一下从沟里站起，那是她家院子，于是她连思量都没有思量一下，一路小跑着回了家。

家里，母亲和这老太太已经完成了最初的交流，看样子她们像是认识，起码认识共同的人，因为她听到母亲正问起这一人。她进来打断老太太的回答，后者随即将注意力转移到她的身上，只见老太太像是在集市上估量待售的骡马似的从头到脚将小花细细审视了一番，接着便开口问道：

"这是你的几小子？"

"这是个姑娘，最小的。"母亲回答道。

"那为啥不扎个辫？"

看来小花身上的那件红秋衣还不足以证明她是个女的。

之后那媒人就开始谈她的正事，她阐明是为老三的婚事而来。

母亲心里很矛盾，原计划是先为老二张罗，却又不愿错过老三这一门。媒人说姑娘长得俊俏，人也仁义，并且还会做好多家务活，让她觉得打着灯笼也难找。抉择不下，等媒人走了稍晚些时候她去催问老二的计划，因为她听说他那正在谈的对象许诺说等他一转正就与他完婚。老二张明亮听后可不承认有此说法，认为这简直等于是在说对方看重的是他的身份而非他本人。不过他也回复母亲说，确实今年定不下，得明年。明年就是得过了春节，而过了春节一开学，他参加转正考试。母亲想想明年也对，她好给准备彩礼。张明亮一听就乐了，戏谑道："我还用彩礼？"母亲显然不满意他这副不认真的态度，都已经转了身了又回过头来冲他粗声地说道："说老三呢！"

如此，就只等着张老三回来与姑娘见面了。等待当中，忽一天张小花发高烧，高烧三十九度时开始说胡话，并且持续半月之久。村医一筹莫展，挂了一瓶又一瓶盐水，从公社请来的大夫也说不出个所以然，他陪了两天之后建议送省城。他就连县医院都不推荐，可见病情有多么复杂。母亲当然听从，她害怕再像老大那样将脑子烧糊涂了。

考虑到时间，考虑到花费，最终只有张明亮一人带着小花出发了。

家人将他俩送到公社，然后站在路口拦了一辆地质队的车。那时的路不像现在，一路颠簸得厉害，司机让小花睡在车头后排，张明亮坐在外面的车斗里（跑长途的司机出于一种防范心理），后来路上实在颠晃得厉害，遇上大坑人一蹦老高，头都能撞着车顶，他才允许张明亮进来护着妹妹。

张小花第一次坐车，按常理非得颠吐了，可她不仅没吐，反倒变精神了，在路途当中还坐起来倚着二哥看了外边好久。

外边的景致自然与村子里不一样，村子没有那道路两旁的一排一排的树。那些树都很高，而且笔直，树干洁白，树顶经常能看见鸟窝。等到出县城进入山里后就更不一样了，村子里尽管也有山，但那都是丘陵地区的山，不高，以缓坡为主，而在这里，前往省城的路上，遍布崇山峻岭，车在悬崖峭壁上盘旋，她的心还感到有些害怕，不过她喜欢往外看，因为山上那些绿是她从未见过的，都是苍绿，且带着点灰，听二哥说那是松树。

回形针一般的路一条接一条，当车辆终于近乎一百八十度转弯绕过一处山的呷角，再下坡进入一座山坳时，路断了，一大块沙石地显露了出来，并且还有小溪。小溪就穿过那些石头，都能看清那些石头带着圆角，沙子则在溪水两侧平铺着，黄黄的沿河滩向上延展。石头白白，与周围褐色的山体形成鲜明的对照，小溪潺潺，满富清凉，在经历了持续盯望那些近体山脉之后突然有这么一块开阔地落入眼眸，顿时就觉得心胸都跟着放大了好多，同时也享受到了一种山中特有的清幽和安宁。

司机将车从路基上开下来后停了好久，他一直都在观察，看从哪里过最好。附近有座水泥矮桥，但只剩半段，另半段似是已被冲毁，或者原本就没有。无车辙可循，他决定涉水通过。

很顺利，当车辘轳缓缓压过河床时，小花挺直了身子使劲往外瞅，那一刻车身正好倾向她这一侧，给了她进一步细观的机会，因此她看到水被徐徐排开、小石头被埋入车轮又露出，不久，车就驶出了那片水域。等车再进一步往前走，她看到在再深一些的沟里有绿色的营房。

难怪她看到路旁有三个军人行走，手里抬着东西，在太阳炙烤之下腰身那么疲乏也不举手拦车，敢情他们不是赶路的。

车辆又往上攀了一段开始正式下坡，这时候路变得越来越宽阔，而且旁边也间隔出现了一些房屋，专为长途司机和乘客提供用餐以及住宿服务。司机在其中一家停车吃饭，一进去就撩起一块布帘进了里屋，同时询问山里这几天是不是下了大雨，看上去同这家老板很熟。

张明亮和小花也跟随着一同下了车，也预备补充点能量。开始他俩坐在外屋，有一堆桌子，隔着那只帘子可以看见司机的腿，随后老板娘见小花病恹恹的，就让他俩到另一间屋去，说那里有张炕。

起先张明亮犹豫，老板娘看出他的心思，告诉他司机走时她会叫他的，他这才放心地领着小花过去。

屋内炕上摆着一张方桌，张明亮连鞋都没脱就坐在炕沿，而小花则在饭来之前始终躺着。

点了两碗烩菜、两个馒头，小花吃三分之一，他吃三分之二，之后很快就听到老板娘吆喝他俩上车了。

上车后小花又睡了一会儿，醒来后就觉得前段时间一直浑浑噩噩的头清爽了一半，不过她并没有立刻起来，而是躺着听司机和她二哥聊天，聊他路上的见闻，聊这辆德国车的性能，聊他遭遇的最惊险事件。

车到省城已经接近夜晚，司机不到市中心，他把张明亮和小花搁到一处公交站牌下，随后拐了一个弯走了，张明亮则扶着小花等公交。

这次来，他们住在他的一个同学那里，已经提前电话联系过，现只等着两人过去。

挂号之难超出人的想象，连续三个早晨都扑了空，第四晚，张明亮改变了策略，带着小花半夜住进了医院附近的澡堂子，而那里住的都是来看病的人。

之前他俩的时间是在火车站度过的。怪他，事先没打听清楚，出门出得早，到了才被告知像他这种临时只住一晚的只能在午夜十二点入住，没地方去，才想到去车站大厅。

坐车的人走了一拨又一拨，等人少时，工作人员开始查票，因为按规定，无票人员是不能待在候车室的。于是他俩只能东挪西移，也幸亏隔一段时间就有出站人经过，帮着"打掩护"，才避免被撵。可当车少了，大厅也空了，这时再躲难度就大了。

后来他俩就装睡，好容易熬到临近住宿的时间，张明亮便骑着自行车驮着小花飞快地前往澡堂，到的时候，他俩那一块儿还正在收拾当中。

澡堂老板让耐心点，他们就耐心点，不久，终于可以躺了。

小花着了凉，不停地打嗝，打嗝时从肚子里冒出的全都是冷气，窝在被窝里过了好一会儿才好，这时她又闻到了澡堂的气味。

澡堂中的气味可想而知，都带着一股人身上的泥卷味，并且男女混住，中间仅靠帘子隔开。不过看似无人抱怨，能这么便宜有个睡觉的地方，还希求什么呢？况且都是些求医者，在大家伙的眼里，本就无性别之分，不是有个共同的词这样称呼他们嘛：病人！嗳，这就是当时人的心理。

很快，张明亮和小花便睡着了，睡到三点，张明亮起来去医院排队，医院挂号室五点开门，门一开，他第一批进入。

终于，在第五天的凌晨，挂上了号。

说也奇怪，这时候小花反倒是烧也退了，双目也炯炯有神了，表明了病体大好。她只是依旧主诉头疼，加之走路疲弱无力，为了省力她都是爬着上楼梯，医生便据此怀疑她得了病毒性脑膜炎。确诊需要抽脊髓化验，张明亮仔细询问了操作流程后毫不犹豫地拒绝了，他担心瘫痪那一

项风险。

确实，抽脊髓还是一项新技术，或者说是该医院的新技术，小花就听着二哥对他的同学说："我不能让我妹妹当试验品。"

同学没说话，因为医学院已经是省城最好的医院了，换其他家结果都一样。

其余检查项都正常，抽脊髓张明亮不同意，医生最终连一粒药都没给开便让他和小花离开了。他后来又带着小花到过私人医生那，医生见小花长得机灵，特别是那双眼睛，毛茸茸的像会说话，便半开玩笑半认真地说道："你要是让她做我的闺女，我保证给她看好。"小花一听第一个不愿意，张明亮也婉转表达了他的反对意见，不过那医生人很不错，在讲述了他只有儿子没有姑娘，特别想认养个姑娘后建议多给小花吃点安神补脑的物品。

查不出个缘故，也就没有继续求诊的必要了，何况这时候小花走路也恢复如常，只是期间需偶尔歇歇，于是接下来张明亮准备带妹妹在省城里玩几天。不过这里需交代的是，就在小花在医院检查、拿结果、找医生看病的过程中，某一天，大厅里来了一个女的。张明亮没介绍她是谁，她站着问了问小花的看病情况便讲起了她自己的事情，那时小花还正在台阶上爬呢，那女的看着觉得挺惊悚的，一直眼瞪着小花讲完她的话。她说她要考技校，蒙市里举办了一个培训班,她要去参加,特意绕道过来告诉他一声。张明亮问她住在哪里,她说住在地毯厂的女工宿舍,那里有她认识的一个女的在那上班。张明亮又问她什么时候走,她说第二天一早。

当晚,张明亮出去了一趟,次日早晨又出去了一趟,小花明白他是去看和送那女的去了。

回来后他依旧没讲那女的是谁,只是在吃饭当中冷不丁问小花那女的长得好不好看、喜不喜欢。

小花没吭声。

很显然,小花并不喜欢她,也认为她不好看。不喜欢是由于她看小花的眼神是冷的,认为她不好看是由于她像条白虫子。小花没见过这么白这么胖的人,况且她那种白又是特殊的白,有点像肥油,加上胖,整个人便如同泡发了一般。再有就是她右嘴唇上边的那颗痦子,很大,很黑,中间还有两根毛,让她看着心生恐惧。

张明亮挺会观察人的,他见小花不吱声,便嘿嘿一笑,随后像自嘲似的说道:"确实,脸上那痦子有点那什么,不过人丢了好找!"说时他语气坚定。

二　小花的幸福和忧愁

小花之前从未见过大城市，在玩的头几日她睁着那双大眼瞅什么都觉新鲜，另外她也直羡慕那些小姑娘：

当路经一处大院子时，见院子深处搭着一个大舞台，一个小姑娘在上边唱，一伙人在下边围着，她也想有这种机会；

当一个小姑娘大夏天穿着一双小红皮靴咯噔噔地从远处走过来时，她瞪着瞅的同时也想拥有这样一双红皮鞋；

当一个小姑娘骑着一辆自行车，和她爸爸在马路边上骑车赛跑，一边骑还一边大笑时，她也想能这样笑。

事实上在最后一项上她也如愿了，尽管内容不同，但本质相近，二哥的两次出糗，恰到好处地起到了喜剧效果，逗得她都笑出了声。

巧的是两次都发生在同一条路上，都是在回住地的路途当中，只不过一个在白天，一个在夜晚而已。

说起来他们住的地方的确离市区远，他们住在自来水厂的职工宿舍，而自来水厂又在西郊，二哥的同学小李毕了业后就分到了那。

宿舍有个大院，周围围着一大片庄稼，有西红柿、茄子和玉米。小花还是第一次见长在玉米秆上的玉米，不知道它揪下来后在锅里焖一夜第二天就能抱在手里啃。她见的都是要么是籽粒，用来喂鸡的，要么是面粉，用来烙花（一种面食）的。想来也怪，村里不种玉米，她却从来没关心过那些玉米粒哪来的。玉米粉她倒是知道，玉米粒磨的。

她这一想又想起来家里还有红薯干，母亲说是用来喂猪的，她却时常放到嘴里嚼着吃。同样，村里也不种红薯，那红薯干又是哪来的？

小花所不清楚的是，这些都是拿麦子换来的，一斤麦子可以换好几斤玉米和红薯干，家里就是靠这般精打细算才过到了今天那样——不至于过穷。

宿舍大院外还有一根大粗管子，架得高高的，有时往外冒白汽。小李说那是蒸汽管道，供热用的，是由附近的电厂输出，于是小花知道电厂不仅生产电还生产蒸汽。

就是这样一个环境，院子里安安静静，由于自来水厂职工基本都是本地人，也就没几间宿舍，他们来占据了小李的，小李则到隔壁一个人那里借宿。

小李有两辆自行车,他们使用了其中一辆,不过有时骑有时不骑,骑的时候便得走好远进市里,然后再走好远回来。通往市里的是一条公路,公路上偶尔有车,但通常都是公交和大车,二哥载着她便沿着公路边走。这一日二哥骑得正欢,一个颠簸自行车车后座掉下去了,小花跟着也一起掉了下去,滑稽的是二哥却浑然不知,仍旧继续向前骑,见状,她笑得不能自已。

喊二哥他听不到,她随后只好一边抱着车后座独自向前行,一边等着二哥回来找她,不久果真他回来了。

这是白天那次,夜晚那次则是两人一同掉进了路旁的沟里。

同样是二哥骑车载着她,天黑路灯不亮,一辆汽车迎面驶来,车灯一照,二哥的车把一晃,歪斜了几下没撑住,紧接着便倾倒了。幸亏是土沟,而且有个坡,人才没受伤。

从沟里爬起,重上公路,两人忍不住对着哈哈大笑。再之后,二哥便不带着她晚间出门了,都是白天活动。

二哥领着她下过一次馆子吃炒菜,吃中间见门口有人探头探脑,还不止一两个,站下不走的那个倚着门框,抄着手,缩着脖,像是受冷似的,然而两眼却如探照灯。二哥解释说那是舔盘子的,专等人吃完后舔盘子里的残羹剩饭(他是语文老师,自然能想起来这样的词)。随后他又进一步补充说都是些好吃懒做的人。

说时二哥自然是持着一种轻蔑的口吻，小花倒是表现平淡，毕竟她见识的人或事还太少，不过她接下来便对那人留了意，一边吃一边不停地抬起头望那人一眼。

像是突然收到什么指令似的，随着几个人从一张桌子前分别站起离开，原先门口站着的那人两眼放光地一路小跑着去到了桌前，到了便急不可耐地端起一只盘子埋头舔了起来，那模样那架势就像饿了几辈子没吃似的。小花想起了家里的大黄狗，遇到油水大的饭它也这般模样，但说实话，他还不如大黄狗斯文呢，毕竟它没有吃得摇头晃脑。

那人转着圈地舔，舔完一只后小花以为他还会再舔一只，不料那人很快退了出去，走之前还迅速地扫了其他桌一眼，包括她的桌。小花吓得匆忙抬起手遮了一下手跟前的菜，二哥见状对她说道："你放心地吃吧，他看不上咱的菜。"是啊，一盘炒豆芽，一盘炒土豆丝，炒豆芽里的肉恐怕得仔细翻找才能找着，确实吸引不了别人，但却是她吃过的最好吃的菜了。

家里母亲也炒菜，但只炒白菜，其他的都是炖，豆芽则是拌着吃，而且只有快过年时才有；另外她也舍不得搁佐料，挖一勺花椒面得斟酌半天，最终还得倒回去半勺，只剩个勺底，倒进锅里丝毫不起作用，何况她还往往只搁这一种。如今小花吃着了各种佐料烹制的菜，自然觉着美味，说起来她原来不怎么喜欢吃豆芽，嫌豆腥气，如今恨不能

再来一盘。

二哥还领她吃过一次冰激凌,到一个店里,且仅给她买了一份,他自己没要。小花看到好多男男女女都是买一瓶汽水倒进冰激凌里吃,她也想尝尝,可不敢说,因为二哥当天刚丢了二十块钱,就揣在上衣口袋里,在买饺子的时候被别人掏走了。

冰激凌店里的人看起来都比较阔绰,一个个掏钱购买时毫不犹豫,对比之下,她和二哥则寒酸了,要不是二哥也瞅着新鲜,估计都不会带她进来,何况还是丢了钱之后。二十块钱已经是个大数目,相当于他近一月的工资,而她在听闻的当时也表现出了极大的不安,还是二哥安慰了她一句:"没事,还有钱。"才让她随后吃得下去饺子。

但自此她就见二哥把大钱揣进了内裤兜里,上哪买东西如果价格超出了他裤兜里的零钱总和,他就得上厕所一趟。去新书书店那次最尴尬,他看上了一本《新华词典》,她看上了两本小人书,交钱时二哥一摸兜,发现兜里的钱不够,他便又问营业员厕所在哪里,营业员告诉他很远。

能够看出二哥不想跑这一趟,所以他随后压低声劝她不买(她猜是由于她不识字,否则他怎么不放弃他的词典呢),可她那天像中了邪一样,非得买,无奈二哥就又出了门,将她一个人留在了书店,让她等着他。

两位女营业员不解,因为她们认为,他交完钱再去也不迟，不过她们倒也没说什么。接下来两位营业员也等，小花也等，等她挨个将摆在玻璃柜台里的那些小人书的封皮仔仔细细看了一遍，又看了一遍，二哥也没来。

随后她直起腰将视线远远地落在那些大书上。大书摆在对面货架上，斜靠着，一本一本，她也碰巧能认识封面上几个字，可说到底它们对她没有多大的吸引力，于是很快她又收回了目光。

等人的滋味很难熬，何况二哥去了好久，这时候那两位营业员也显出了急躁，先是自言自语，后来相互询问，再后来便大声地发感慨道："这人哪去了？"而小花则始终咬着牙没把那秘密说出来。

终于，二哥出现了，却跑得满头大汗，并且裤子前面歪斜，一根裤带头露出外边，显得十分狼狈。

两位营业员更不解了，去趟厕所何至于如此呢，不过好歹可以收钱了，便忙着收钱、盖戳。但这还不算完，她们可能觉得今天遇上了怪人，就在张明亮出了门之后她们的眼睛也没离他的身，而且带着探究的目光。小花不想让她们对二哥有误解，她故意落在后边，趁看不见哥哥时回过头来壮着胆子告诉那两位营业员说："我二哥的钱在裤子里头。"

瞬间，那两位营业员露出了理解之色。

小花最喜欢看电影，二哥领她去了两回红旗电影院，电影院很漂亮，一座红砖建筑，也很醒目，就在马路尽头，路到了它那里就得朝右拐。

另外电影院也很别致。别致在于它的小巧，就是一座小小的二楼，没有大院，也没有宏大的门面，只有五个字"红旗电影院"位于一楼和二楼之间，然后下面就是门，所以总体看起来总像个侧面，但其实已经是正面了。

这样的建筑当初肯定是为了将就那块地，或者干脆由什么改建而成，然而却是最成功的，在整条街上数它最具艺术性，就连小花这不懂建筑之人也瞅着它最舒服。

出了电影院，每次二哥都不急着回住处，而是领着她慢慢地沿着有名的"大南街"信步向前。大南街是条回民街，两边的店铺都非常有特色，但基本都是卖吃的的，不到黄昏时刻不热闹，白日里反倒由于街道窄而显出幽静。经过的自行车也不多，行人完全可以走在路中央，二哥就是在这样的情形下拉着她的手边走边甩来甩去，她能感受到其中的畅快，并且也能从他的眼睛当中看到一种光，但就是不清楚那代表着什么。

小花见识了什么是五金店。五金店在乡村人的心目中是一道谜，不知道那里边究竟卖什么，同时也觉得它很神圣，因为凡是谁在里边工作，他的亲戚们讲起来就一副骄傲样，仿佛那就是最好的单位。其实也差不多就是。

二哥进五金店是为了买螺丝刀子。五金店内很整洁，东西都摆放得非常有秩序，小件例如钉子、灯泡、扳手等都放在低处的玻璃柜台里，大件主要是暖壶都放到高处，而像锅啊、盆啊的则都被一摞摞地放置在货架最底层。小花好奇五金店里连锅碗瓢盆都卖，不禁有些失望，她认为只有那些工具，瞅着比较高级的，才配得上进这店里。

小花有这样的思想，说到底还是缘于她之前没见过那些工具，特别是当二哥随后又不知买了一件什么东西还要开证明时，她就更是铁定地坚持此一想法，同时觉得那些亲戚们骄傲得未免过分。

对比五金店的整洁和有秩序，布匹店则乱得有点不像样，里边不仅光线晦暗，而且躺着的、立着的，高高低低都是布，人在其中都有点找不着别人和自己。全凭营业员的大嗓门，她那一嚷，你这一听，才能寻着两者。令小花不解的是那收银员，坐得都快高到天花板上去了，怎么看都有点居高临下藐视旁人的意思，更骇人的是还有一根铁丝直通到她那里，这边售货员将开好的票和现金用夹子一夹，往铁丝上一挂，再使劲一推，她那边一接，随后等她收完银之后又把其中的一张或两张票连带找零用夹子往下一送，一来一回，夹子摩擦铁丝发出的声音"哗哗"的委实刺耳，那一刻店堂里响起的唯有这一种声音。

这种收钱法小花第一次见，她着实开了眼，但她却天然秉持着一种抗拒心理，每听到那"哗"的一声就感觉太

阳穴突突跳,所幸二哥也仅是带她进来瞅一眼,很快就离开了。

最让她大开眼界的还是去博物馆。首先她没见过那么雄伟和外形线条圆滑的建筑,外面廊道上全是大粗柱子,然后建筑就如一只蛋壳一样卧在那些柱子上,她都不记得是怎么进入里边的,光瞅着外观惊叹了。

里边空间的高大、宽阔同样令她惊讶,这对于一个初到城市的农村小姑娘来说简直如入宫殿一般,何况还有那么多新奇的东西存在。几乎每样她都没见过,有见过的却是另一番模样:南瓜大得惊人,茄子紫得放光,小羊睁着玻璃球似的眼睛望人。她刚想蹲下身子伸出手去抠那南瓜皮,以试真假,就被一旁的工作人员大声喝止,不过她的尴尬仅是一瞬间,因为她的内心正为这趟省城之行高兴着呢!

然而很快忧愁就来了。

二哥给她买了一双凉鞋,为了能穿得日子长些,买了个38号的,而她的脚才34号,所以穿进去一个不小心前脚掌就能翻出来,为此她使劲把后边的带子往里勒,可还是避免不了,而且由于是高跟的,走路特别累,另外下坡时还得格外注意,否则脚指头滑到外边就会戳一下。

她停下来将脚掌扳回鞋或是穿着大鞋呱嗒呱嗒走路时特别害怕被别人瞅,觉得像是被轻蔑。

坐公交，她喜欢挨着玻璃窗坐，并且一上车就将窗户打开，这天她同样是预备开窗，手扒着玻璃正在使劲当中，一个坐在前面的小女孩从座位缝隙间伸过头来狠狠地瞪了她一眼，眼露厌恶之色。她倏地收回了手，那一刻她瞧见了自己手指甲缝里的黑泥。

来时母亲特意给她穿了件花衬衫，尽管有一两处扣眼掉线，但毕竟也算是新的，一次去一个小商店买东西，她指着货架上的物品刚要开口，那四十来岁的胖胖的女售货员瞅着她的胸口忽然"噗嗤"一声笑，她低头看发现扣错了扣子。

她感受到了莫大的屈辱，待她重新审视自己的一身打扮，自此感到了自卑。

好在很快就要回家了。

在候车大厅候车时，二哥去买东西，让她看行李，不久走来一个背画夹的年轻小伙子垂身询问加请求问可不可以给她画张像。她当时正坐在一只大包上，脚底还有几只小包，觉得责任特别重大，所以一直低着头不回答，其实她心里是同意的，可就是不敢擅作主张，若是二哥在就好了，他可以看着行李。

后来那小伙子又继续询问加请求了她几回，她依旧不吭声，那人便走了。

等二哥回来，她并没有将这件事告诉他，而是当不需要她再尽心照看行李时,她蹦跳着在大厅里转悠开了。大厅里的人熙来攘往,有限的座椅在里边,很多人都挤在门口附近,包往地上一放,再往上一坐,就是一个"据点",她得绕开这些障碍。她的心思只有她自己懂,她是去找刚才那位画画的了。嘀,果真还找着了,就在一扇窗户下,他坐着,光线明亮,画夹在他手上,然而他却一眼也没看她。他正在给一个老头画像,十分专注,周围围着一圈坐着的人。老头也坐着,上身挺直,脸侧着,上面的褶子一条一条,不过说实在话,也不知是被画的缘故还是其他,那老头瞅着还挺好看的,满面安详,她心想:"如果我要是被画,也应该是这副神态。"

她站着瞅了一会儿,便又蹦跳着离开了。之后她也没有将这件事告诉任何人,她觉得那小伙子低头询问自己而自己闷着不吭声那一刻很窝囊。

转了两回汽车又搭了一回别人的马车才回到村里,回村后她听到的第一件事便是母亲以为她死了,站在街头哭泣个不停,而她在多年后才于某一天忽然意识到,她走时母亲给她穿新衣服也就是照着她不能活着回来做的,那般庄重,那般伤心,就连大黄狗来到近前也被她推远了。

五哥不知出于什么目的,连着两日十分肯定地对她说:"你要是在别人家早死了!"这话她听着别扭,可就是找不出话的毛病,后来听到村里人也语气凿凿地说:"这孩子要是在别人家早死了！"便以为是真理，于是心头在那一刻感到有些沉。

来找她玩的孩子明显比往日里多了，他们都是来听她讲外面的世界的，也顺带看她穿的凉鞋，要知道她可是村里第一个穿凉鞋的人。她讲得很多，也绘声绘色，独独忘了她在省城里时的那份自卑，只是有时候忽然间就变得沉默了。

一场病让她的脸光洁无瑕，为了防止晒黑、变粗糙，她躲在家里不出门，母亲以为她病好以后改了性格，问她她则说头疼不想出去。的确，她落下了头疼的毛病，若干年后，当她讲述起她生的这场病以及她的头疼，一个服过刑的男的神神秘秘地问她在生病之前见过什么，她想了想回答说见过别人家叫夜（一种农村人出殡前夜的活动，点好多火堆到人家门口），她以为他会说她身体上有邪的东西附了上去，不料那人却说她是脑袋中了风，排出去就好，她问怎么排，那人则一副莫测高深样，再没说话。

她的头疼时断时续，到医院看，医生多半给做个CT，然后再开点活血化瘀的药，从不下结论，只有一次，一位老大夫带着几个学生，他语气笃定地对他的学生们说："她这是典型的神经性头疼，不信你做各项检查，一切都正常！"

这就算是"盖棺定论"了，至于那场发烧，她自己则意会到只是一场重感冒而已。

多么简单！

三　张明福回来

张明福计算着时间赶着秋忙前回来了。到家时已然不成个人样，胡子拉碴且不说，头发也长得吓人，加上一副黑脸、白眼丸子，灯光下便像个野人。他进院门时除了门响，再就是狗的躁动了，家里人便知道老三回来了。

老四老六着急去迎接，很快院子里便响起他俩的声音："三哥回来啦？"随后听到老三回答道："嗯。"

母亲立刻跳下地，生火烧水做饭，等儿子进来问了问路上的情况。张老三这边忙着洗脸、洗头、擦洗上身，一边回答一些问话。小花撒娇，想让三哥知道他不在家的时候她生过病，便嗲着声斜躺在炕上说道："三哥，你怎么才回来？"

老三误会，回答说自行车链条断了。

老大早已经将搂回的发菜以及其他用具从自行车上解

下放到了小屋，之后便进进出出不知忙点啥，同时嘴里唠叨着猪马羊的，其实他是想让老三了解点他走了后家里的情况，但就是找不到什么是重点。

老五比以往沉默，也比以往漠然，从老三进门他都没问过什么，只是低头不停地在那拣发菜。

这时其他人都已经住了手，老四和老六在低声交谈，说些学校里的事情，接着一家人像看什么似的看老三吃面条吃了一碗又一碗，直至吃掉一锅。这次是母亲给做的手擀面，然后切成柳叶状，爆锅，卧鸡蛋，最后又加了点韭菜花进去，美味自然是美味，但像这么个吃法无论如何让人瞅着揪心，想象不出他在外面的日子。事实上他每一回回来差不多都是这样，只不过以往是白天回来，这次是晚上回来，便添了点其他的成分进来。

老三吃完又歇了歇便睡了。谁都能看出他的疲乏，所以大家伙收拾收拾没再继续干活。这一晚，所有的人都睡得很早，仿佛生怕惊动了归家人似的。

老二张明亮回来得晚，没和老三搭上话，第二天一早眯着眼像欣赏一位女性一样倚着门边对他说道："张明福，我可是见过你那提亲的对象了，长得不赖啊！"

张老三正在院子里忙着刷牙，吐漱口水的时候回过头来瞅了二哥一眼，对他说的话不明就里。张明亮见状明白他还不知晓呢，嘟哝了一句："我还以为你昨晚就知道了！"

便转身进了屋。他向来不愿意在此等事情上做第一个解谜的人,仿佛保媒拉纤般,所以随后的说明工作自然还是落到母亲大人的身上,再说也只有她才有资格。

能被媒人主动上门提亲,另外也听说那姑娘不错,张老三的内心当然喜悦,不过眼看临近秋忙,他的回答是等之后再去相亲。母亲将这话捎给媒人,一切也就等着那时候了。

要说农人一年中最辛苦的时段就是秋收时分了,而且由于张明福家的地不太好,更是辛苦之上难言收成。一亩地产二三十斤粮食,轮歇地(年轮歇)虽好些,可以产五六十斤,但仍旧算低产,所以几十亩地一年下来就如开首所说的那样,除去公粮,连吃饱都保证不了,那对每一粒粮食都格外珍惜就再正常不过了。

其时已经有机械收割,但家里怕收不干净,宁愿在地里头一把一把,一镰一镰,蹲着用手或站着弯腰用镰刀收割庄稼。此外也由于雇不起碾场的拖拉机,只能自己套马带着碌碡转圈碾压以及使链鞭一鞭一鞭往下打粮食。

如此耗时就长,等到一切都忙完,第一场雪下来了。八月十五的月饼才刚刚入瓮,就得为冬天做准备了,冬草、冬料,都得打算,没办法,谁让北方的冬季来得早呢!不过也终于可以谈个人的事了。

张老三借了二哥的一件上衣跟随着媒人一起去女方家,

走前还特意理了理发、刮了刮胡子，对着一面小圆镜照时发现腮帮和下巴泛青。小花还是第一次见三哥穿西服褂，未免盯着视线不离，母亲则发现那褂小了些。他的身量比张明亮宽，衣服穿在身上紧绷了些，搞得他想起就要深呼吸几次。没有合适的鞋，他最终还是穿了他的老布鞋，白边的，鞋到脚上立刻显出与衣服的不配套，不过也没人能瞧得出来，毕竟谁也没见过别人怎么穿。张明亮差不多也是这样穿，只是他的鞋是黑边，对比不明显，并且他从不穿红毛衣。

话说媒人也没说什么，她更关注的是张老三的容貌，她发现他长得挺英俊。实际上张家的儿子个个英俊，不完美之处在于他们的嘴巴稍有点向外凸，张老三倒是例外，但他的眼睛却是单眼皮，不过正因如此，加上他的高鼻梁、长方脸、紧闭的双唇和刚毅的嘴角，便和日本演员三浦友和有些相像。当然，那时国人还不知道三浦友和是谁，这里仅是打个比方而已。

然而再英俊，农民的身份限制住了他，何况他还没上多少学，如今却是正走在相亲的路上。

女方家在另一县，隔着百十公里，得先到了公社再倒车。车是过路车，上车后已经没有一起的座，他便与媒人一前一后坐定，媒人在前，他在后，正好瞅着媒人那油光可鉴的头。听母亲说这老太太早晨梳头都是蘸着一碟油，而且梳得非常仔细，也舍得花时间。这种梳法在农村很鲜见，多数人都是蘸着洗脸水，更有的蘸着唾沫，所以一经被提起，都是当作笑话来讲的，人们的心里也由不得要把她和"老妖精"对上号。张老三为人敦厚，他自然不会这样认为，只是他目前还不习惯与媒人和谐相处。

一路上媒人话多，他沉默寡言，他的眼睛多数时候都望向车窗外头。旷野里已无其他颜色，庄稼被收割完之后，只剩一片土黄，犁过的地则泛着点黑。才是秋末，却已经有了些冬季的肃杀，加上不久后出现的山峦，光秃秃的上面只有岩石的纹路，让他的心头陡然增添了一丝惆怅。

他想起自己的父亲、他搂发菜的那处草原，感叹生活的不易。

见到女方的第一眼，他就感觉相中了她，姑娘不仅模样俊俏，还羞红了脸，搞得他也直发窘。她算是乡村中少见的漂亮姑娘了，鹅蛋脸，杏核眼，一笑两酒窝，脸上尽管有雀斑，但并不明显；个子也高挑匀称，拖着一条长辫子，尤为显得窈窕。像她这样的，若是放在公社里会嫁给家里吃市镇粮的人家，而且婚礼隆重，可惜就可惜在生在村子里，并且没上过学。

张老三为此替她感到遗憾，因为看她的眼就知道她很聪明，同时也为自己庆幸，遇到了她。

这就算是见过面了，他一百个满意，回到家只等姑娘那边回话了，不久媒人捎来口信说姑娘也满意。接下来就是商定定亲的日子，母亲这边也开始预备彩礼。媒人又跑了两趟，最后商议春后播种完。到时羊毛也快剪了，一个冬季发菜也拣得差不多了，拿出来一卖就是一笔钱，关键是老二张明亮通过了转正考试，他那边的婚事一定，老三这边也就没什么障碍了。说到底人都有私心，张明亮那边说不要彩礼，母亲也就不给费心准备了，因为对比之下，他那边成功的可能性极大，而老三这边单就从媒人的口吻就知道彩礼逃脱不了，况且同是农家人，从风俗上都不可能，故而压根连这种心理都没有。

这年冬天张明福没再去草原，而是在县城的汽车站扛了一冬天大包，挣了一点钱，之后便回来等着过年，而且年后也没再出去，只每日里同家人一起挑拣发菜。老四老六忙着升学，专门烧出了一间小屋供他俩使用；老大忙院里，剩下的时间便进进出出家门；老五愈加沉默，只要说话就全都是戗着说，不过他倒是依旧干着活，只不过动静比以往大很多；小花也加入拣发菜队伍，并且她还照顾着一只没奶吃的羊羔，即使半夜也不辞辛苦地起来给它灌瓶奶粉。

母亲则是忙一日三餐加拣发菜，全家顶数她起得最早、睡得最晚，油灯下佝偻着个腰，映出的就是全中国劳动妇女的普遍形象：勤劳，坚韧，为子女愿意付出所有。

张明亮依旧周末才回来，回来他也凑近小屋那盏煤油灯下翻他的书,小花为此笑称"家里的文化人都在小屋,剩下的老弱病残都在大屋",母亲一听瞅着她瞪大眼说:"你这自打去了一趟省城,学了不少新词回来。"

母亲的话毫无责怪之意,有的只是称许,因为她随后也对这"老弱病残"一词感到有意思,重复了一遍之后笑了。

老五则不耐烦地把手上的发菜摔到了盆里,尽管很快又捡起,但依旧表现出了不悦。

母亲没看他,只瞅着手里的活计一边干着一边语气平和地问他道:"你最近怎么了,怎么动不动就不高兴?"

"我一个大男人,成天坐在这里拣啊拣的……"老五烦躁地抱怨道。

母亲没有批评人的习惯,脸上呈现出了凄苦和无奈样。老三张明福这时插嘴道:"不想拣就别拣了。"同样,他的语气也平和。

这就是他家的家庭文化,每个人说话都和颜悦色。

年前杀猪时,全家人只在当日吃了一顿猪脖子肉,之后留了过年包饺子用的一点,又留了一副下水,其余的都拉到公社卖了,就连骨架都没留一副,猪头则托人捎给了还不是亲家的亲家。

肉在冻结之际,前半夜放在院子里,有人看着,后半夜移回凉房时,他们满以为有大黄在万无一失,不料差点被偷去一半,而他们经事后试探才知原来大黄的耳朵是聋的，甭看它平日里耳尖也是一竖一竖的，那是它看着人的嘴在动做出的反应，其实却什么也听不到。

几个弟兄将偷肉贼堵在院中央，院子里结着冰，都是平日里人们倒的水形成的，那人一跑，脚下一滑摔倒，这时手电筒一照，便照出了那人的脸——乃是全村最穷的五保户，单身，瞎着半只眼，常年拉着二胡在外卖唱乞讨。

都没人指挥，便全都退后放了他。

母亲叮嘱不准对外说出去，孩子们听闻自然一一照办。老大睡得死沉，都不知道外面发生了什么，所以此事就此封口，但次日他们还是赶快赶到公社打听谁家要肉。

公社里有的是全吃公家粮的夫妻，他们不养猪，因此一买就是几十斤，如此二百来斤的猪很快就全脱手了。

这又是一笔收入，归入统筹项中。

说到统筹，要再加入一件家中卖土豆的事情。就在今年中秋前后，有人开着大车来村里收土豆。母亲老早就观望着了，看别人谈价钱、论品相，她在心里品量自己院子里堆的那些。她当然希望卖个好价钱，因此在大车和家里之间来来往往了几回，却又得注意避着那乡村收税员。然而哪里能避得了，那收税员一眼就能看出谁家打算卖土豆，何况就这么大点村子，他就是从这家出来再到那家，也能正好遇到他家在往车上装土豆。

有人谈了个好价钱，主要是买家看到他的土豆好，便说可以按该价格收购，有多少收多少，于是人们跑回家赶快往口袋里装。到这儿还是那句话，总有那心奸者，他们趁机往里装小的，甚至坏的，被收土豆人发现后，一生气那人不要了，开着车就要走，众人便再挽留，承诺一律装好的，交易才得以继续和最终完成。

那天村人基本家家都卖掉一些，收获了一些现钱，当然，那收税员也收获了他的，只是上谁家谁家都给他摆脸色。

现在再回到张家杀羊宰鸡上。

羊只杀了一只，还是一只老的、瘦弱的，近乎皮包骨，即使拿出去卖也无人要。鸡倒是肥些，可惜太少，两只，母亲最终都是分别分两次跟土豆和南瓜一起炖的，才确保各做了半锅，一家人也才不用看着锅吃。

这是正月初的事情，在还没过年前是拆洗被褥护套，整整半个月，每天就是烧几大锅水，然后在一个大洗盆里顶着一只搓板"吭哧吭哧"来回搓洗个不停，再淘洗，再拧水，再晾晒，等干了再缝到被褥上去，还有枕巾、褥单等也需要洗。做所有这些，除了缝护套，其余的全都是老三在做，一个大男人充当着一台洗衣机，高负荷地运转着。

歇下来就是挑拣发菜，再为过年做点其他准备。

炸麻花时出了一桩蹊跷事，一锅剩热油倒置在盆里放在堂屋等着晾凉，油竟然离奇消失，母亲吓得跑到院子里一连声地喊大黄，竟忘了大黄耳朵不灵便，等它回来，又是查看它嘴巴,又是摸它肚皮,以为油全被它舔进了肚里,惊恐肠子都被烫掉皮了,而大黄却瞪着一双好奇的眼瞧来瞧去,不知道发生了什么,还不住地摇着尾巴,见状,母亲的心放了下来。

油没被大黄舔掉,却确确实实不见了,于是这成了一个永久的谜。

当日还发生了一件悲惨的事,李二娃家的孩子放在凉房里冻死了。同样是炸麻花,怕孩子被油烟熏着,裹了一床被子,脑袋露在外头,等忙完了再去看,头竟然被冻裂。李二娃的老婆撕心裂肺地哭,很快村里所有人都得知了,对于李二娃多舛的命运一个个都直摇头。

李二娃本不是这村里的人,他的生父是一位邮递员,嫌家里孩子多,就把刚生下来的他摁在一个盆里准备溺死,溺中间不忍心又停了手,如此他便活了下来,继而被他的叔父,即这村的一个老光棍抱回,但自那他就成了一个罗锅,并且成年后也始终没长高,顶多也就一米二的个头,加之又瘦,看上去便像个小孩。

人小,连风都和他作对,一次刮旋风,他连人带自行车一起被卷上了天,后来落到了一个草甸上,才捡了条命。

他三十多岁时才娶上亲,老婆是被拐卖来的,来时十六,等二十六给他生下这一胎,是个儿子,孰料就这样夭折了。

新坟竖起，没有影响到村里过年前的气氛，李二娃老婆没事老去哭，呜呜咽咽的声音经风吹到人们的院里，就显得有些阴惨。

大黄不知为何也时常跟着呜呜，小花说它在哭，家人由此开始讨论起了最近疯传的消息，说县里不让人家养狗，还专门成立了打狗队，母亲听罢一声长叹。

四　张明亮的滑铁卢

一出初六，张明亮便带着十五斤发菜前往广州。这些发菜全都是这几年老三张明福辛苦搂来的，也是家人辛苦地从杂草中挑拣出来的。之所以要拿到广州去卖，一来据说那边每斤的售价已经到了一百，这足以诱惑众人动心思；二来接下来要有两场订婚，且不说就目前来说真的没给他这方预备，单就预备张明福一个人的钱都不够，因此他的这次广州之行带着很重的任务，也被寄托着深深的希望。走时家里给他带了盘缠，而他自己又瞒着母亲向村人共计借了五百，仿佛从一开始他就有什么打算似的。

广州他也是第一次来，下了火车就直奔外贸货栈，他知道找谁，走前他女朋友的父亲告知了他。他的女朋友，即小花在医院见过的长痦子的那位女性，她父亲在公社的供销社里工作，专管收羊毛和收发菜，但黑心的他收了之后铺开在院子里,不仅往里喷红糖水,还加土,就为了增加重量,张明亮为此瞧不起他,所以压根就没想过往他那里卖,当然另一个原因就是价格问题了。

发菜很快卖掉了,而且价格又涨了,一百一,不过这个价对应的是最高等级,其他级别的与之都有价差,最次的仅二十多元一斤,于是参考等级,再扣除掉一部分水分,他最终拿到了一千一百块钱。就这对于他来说也堪称一笔巨款了,拿着这笔钱,那一刻他的心里是既激动又紧张,他生怕被人抢了,同时又怕丢了。他仿照着别人那样买了一个包,就夹在胳膊底下,并且有一根带子连着另一只手。他首先找了家旅店住下,然后给自己正儿八经买了套西服,连带衬衫与领带,当然还有双配套的皮鞋,之后便逛开了!

到了这里也该描述一下老二张明亮的容貌了。他长得相貌堂堂,一表人才:国字脸,宽阔的额头,浓眉大眼,鼻梁高挺,嘴唇有型,就是由于牙稍有点往外凸,这在之前也讲过,但并不影响面容,反倒配上瘦削的两颊,使整个人看上去显得精明与果敢。

身材是没得说了,一米八的个头,宽肩窄腰,不胖不瘦,加之腿又长,再有西服护航,要多帅气有多帅气,可能他也注意到了这一点,也为此骄傲,所以拍了许多照片,有侧面的,有正面的,但无一不都是全身照,而且腰杆笔挺,双手或背后或垂于裤缝间。

他身后皆是他去过的地方：沙面岛、海珠桥、中山纪念堂、上下九、西关、黄花岗公园、东方宾馆等。他还乘坐了双层巴士和轮渡，吃了肠粉和烧腊，以及去茶楼喝了早茶，对于里边的客流量之大感到既吃惊又诧异。当然，最震撼他的还是当地经济的活跃度，进出口贸易相当繁盛，特别是小商品经济，简直令人眼花缭乱，而且许多商品都可以议价，议去的价格有时让人咋舌，最高达三分之二。

他给家人都分别买了东西。母亲曾叮嘱他买块表，作为张老三订婚时送给女方的彩礼，他买了，然而却是块电子表。他当然要买啦，那么便宜，才十块钱，而一块机械表，少则八十，国产上海宝石花的，多则一百，日本进口双狮的，他认为没必要。

他自作主张，省下的钱全部用来见识世面了，最后花得只剩七百多，因为他已经想好了，七百块钱从别人那里拿一百块电子表，回去一块卖二十，就是两千，如此不仅将卖发菜的一千一全部补齐、借的五百还完，而且还可以富余出四百。

想得何其美好，他还以为十里八村乃至公社里的人都赶着来买呢，结果一块也没卖出去！起先他当是价格高，由二十改为了十五，还是没卖掉一块，接着他又从十五改为了十块，情形依旧，最后不得已降为拿货价七块，依然没改变结局，而他也直到此时才明白，不是人们没钱买，而是压根不认。或许人们还有担心，担心购买行为到底正当不正当，不是就连他自己自打回来后在售卖时也变得十分小心谨慎吗？

其间已经有人来催问借出的钱何时还，母亲也有史以来第一次怨声连连，直到他最终一块也没卖掉后，都爆发了：那些人的家属一大早就上门来要，母亲也垂泪不止。这不能怪他们，都需要钱。

张老二顶不住压力，离家去了学校，可是学校还差几天开学，他这一出现，引得住在院里的校长直问。负责给几位老师做饭的师傅还没到，校长让张老二去他家里吃，张老二没敢，怕露馅，最终去一家旅店里吃了一碗面条。接下来几天他都是白水拌疙瘩汤，扔几粒大盐粒子进去，日子过得相当清苦。他不敢去女朋友那儿，怕遭奚落，尤其他又寄了那么多自己在广州照的照片给她，这下子就更使她有借口了。

好歹熬到了开学，老师们一个个返回，而且精神抖擞，对比之下，他却因欠下别人的债无法偿还而心神不宁，结果，一场决定他人生命运的考试他败北了。

女朋友的父亲听闻站在大街上张嘴大骂他笨蛋，说那么多人围着一张桌子考试，不会写还不会抄啊？别人都过了，只有他一个人没通过，脸往哪搁？

其实还有一个人没过，是一位兼带三年级语文和数学的老师，三十多岁，仨孩子，老大老二是姑娘，都在本校上学，一个三年级，一个二年级，老三是个瘫子，两条腿软得像面条，在那个年月就没人想得到是缺钙。唯一的儿子成了这样，这位老师每天背着他上班，来了后把他塞到大姑娘的身旁，由她负责照顾他。他家种着好多亩地，这下子没转正，正好回家忙碌了。

张明亮可不想种地，打从上学那天起就没想过，所以才听从村干部的安排当民办教师。如今这民办教师是当不成了，女朋友知道后也立刻与他吹了，他接下来的人生路还真是不好走呢！然而毕竟是见过世面的，如此一来他倒是再无羁绊了，只是欠的债让他挠头，他想到唯一能变钱的还是那些电子表。

他在县里打听到了一个"倒爷"，以五块钱一块的价格悉数转给了他，得了五百块钱后，拿着这些钱还给了那些催债的人，之后他也不知从哪里找了一个女的，一天学没上过，说的话都与当地人不一样，扯完结婚证后连婚礼都没办，便双双离开去了省城，自此过起了在外闯荡的生活。

说起来娶这女的确实一分钱没花，张明亮践行了他当初说的那句话："我还要彩礼？"然而这却是最让母亲心酸的，她忽然觉得对不住儿子。农村人以女方不要彩礼和结婚大肆操办而骄傲，如今儿子连婚礼都不让预备，尽管女方一分彩礼不要，她也骄傲不起来。换作他还是一个老师，她可以说这是新风尚,可他如今不是了,便感觉心里怪怪的,不是滋味,尤其这女的又长得粗手粗脚的,似乎与儿子不怎么般配,她就越发地感到别扭了。

张明亮走之前,郑重其事地给母亲和张老三道了歉,为那块表,为拖延订婚,并承诺一定买一块机械的回来。母亲一听就哭了,叮嘱他还是先照顾好自己再说。

张老三大度,他依旧崇拜二哥,说大不了不娶亲,母亲在旁直说他乌鸦嘴。

张明亮走的那天黄沙满天,刮得屋里都得点灯,众人留他再住一天,他却很坚决,而且他的妻子看样子也丝毫不犹豫,彼时已经有了其他公社直通省城的班车,恰好路经村南几公里外的公路,家人便将他俩送到路旁,一直等到班车来才返回。

上了车,张明亮眼睛便红了,心也随之跟着潮潮的。没人了解他的心路历程,从卖不出去一块表时他心里就异常黯淡,等到他被要债、他再躲债,失败感充斥着全身,直到他转正考试没通过,这种感觉到达了顶点。从前的那份骄傲荡然无存,他觉得每个人都在嘲笑他,他唯一能做的就是离开,而离开前又得首先把婚结了。

没人逼他,但这是乡俗,他不结婚就等于挡了老三,而这又与大哥的情况不一样,他是正常人,就得遵守习俗。结婚对象于他来说也没什么可挑的了,只要是个女的、不傻即可，至于上没上过学、模样如何，已经无所谓了。恰逢这时他听说了有这样一位女性，是公社干部李贵如的外甥女，她住在他家里，等着相一门亲，条件就是男方要有些文化。

他去了，女方对他相当满意，如此便没什么好拖延的了，他提出没什么彩礼，希望立即结婚，对方都答应了。做主的是女方的舅舅，即李贵如，没想到他还是一位大学生。张明亮好奇自己竟然从来不知晓，另外事后他也才了解到，李贵如的外甥女是一位孤儿，去年父母双亡后，便从外省来投奔他。

张明亮没有去想他们为什么要隐瞒这一事实，当晚在他家吃饭时倒是明白了他们双双迫切的心理究竟出于何种缘故，一间小屋，四个人，李贵如夫妻俩，一个患脑血栓的瘫痪老爹，再有就是这外甥女。吃饭期间，李贵如老婆不停地一锅一锅烧热水，她新近刚从省城学了门烫发的手艺回来，用这个来给人们加热头发，而人们也裹着热毛巾大声地问这问那，不大点的一块地方，显得十分嘈乱。

张明亮吃完就走，在这样的环境下他一刻也不想待，走时他与未来的妻舅敲定领证的日期，就在女方开来证明的第二日。

就这样他很快有了一位妻子，而这位妻子如今就在他的身旁，两人要一起去省城奔生活。他感谢她的陪伴，然

而却又觉得跟她无话可说。

他将目光移向了窗外,还是那条他带小花看病走的路,那时是1982年7月份,现在是1983年4月份,时隔九个月,恍若隔世。其间发生的事如做梦一般,人生跌宕起伏之快,让他连哭一场的机会都没有。心境完全就是两个世界的心境,此时倒也不是多么的晦暗,但充满了迷茫,对于前路也不敢有太多的奢望。

如同故意躲避似的,他到了省城之后特意避开西郊,选择住在了东郊,租住在一户农家的院里,而这户人家在前面的马路边开了一家饭店。由于他们全家人吃住在饭店,便把一半的院子租给了他,有一间朝阳的大正房,院子里有口压水井,如此他和妻子也算是住得舒坦,此外租金也低,所以在城市初落脚便有了个好兆头。

他和妻子谁也没想着给别人打工,而是自己干了起来,他每日骑行十几公里到钢厂门口卖烟,他的妻子则推着个自行车夏天卖冰棍、冬天卖糖葫芦。生意都不错,特别是他的烟摊,每日早出晚归的,等着工人们上班时卖一波,下班时再卖一波。他从不售假烟,只是有了卖电子表那次教训,他如今做生意过于谨慎,只进低价的,不敢进高价的。慢慢地,越来越多的人来他烟摊询问高价烟,他才意识到该改变思路了。

然而他并没有简单地上几条好烟了事,而是挪动了售卖地点,改为在车流量很大的国道旁卖,每日接受着腾起的尘土的洗礼。他这样做自然是经过考察的,车辆进市区之前先要在这里休整一下,这里有块很大的平地,平地上停满了一辆辆车,这时候只要有新车进入他就端着他的烟箱上前兜售,有时那些人也主动向他购买。都是行家,拿起烟来先闻,确信是真货立刻掏钱。

时间久了他成了那块平地的标志物,也是信誉的象征,很多人都记住了他,车一停下就朝他招手。

他也不是卖得一帆风顺,有流氓和小混混经常来滋扰他,目的是向他要烟抽,他不给就污蔑他卖的是假烟。为此他们发生过不少冲突,最厉害的一次他的右手小拇指头差点让砍掉。风平浪静是从8月份国家实行严打开始,他好好地卖了几年烟,进而赚了一些钱,同时他的妻子免费种了别人一块菜地,闲时又去果园里摘苹果,日子才终于显出了兴旺样。

其间他的儿子出生,小家伙没人照看时便被拴个橛子拖根绳钉在炕上,尿了拉了无人处理,说没吃到嘴里过估计谁也不信。女儿出生是在隔开一年后,一儿一女凑成一个"好"字在他心里似乎预示着祥瑞,他仿佛都已提前看到了自己的成功。

他真正的人生转折点是在租赁了财经大学校内超市的几节柜台之后,别人都是卖鞋卖袜子卖衣服,而且还是老套售卖方式，一人在柜台里，买者想要什么就给拿什么，他却将他的那一块改造成了自助式，且主营食品饮料。如此很快他那一片就日日生意兴隆，等到别人想学，他早已将店面扩展成了冰激凌汽水吧，另外还有一个蒙古奶茶吧。

　　当然这是后话，那时已经进入了20世纪90年代中期，距离他来到城市生活已经十几年的光景，而他也终于从身上消褪了从家乡带出来的那份自卑感，因为曾经跌倒过的他骄傲地站了起来。他解开了自己的心结，自此同那段历史告别。

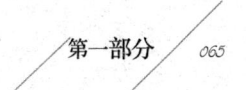

五 喜事连连

送走老二张明亮,家人顶着黄沙往回走,等坐着马车回到家个个都如同土人似的,眉眼上都挂着沙。在院子里拍打完,进屋以后谁也不说话,沉默到晚上,母亲率先打破沉闷,她说道:"日子还得照过啊!"

这就等于给家里定了基调,一切照旧。

羊毛是5月份剪的,剪了之后便拿到供销社卖掉,都等不到有人上门来收;再有是菜籽油,灌在桶中,然后卖给那些不种地的人;最后是把秸秆喷成粉末,卖给家里同样不种地但养猪的人(他们把其沤酸了拌上麦麸喂猪)。总之,只要能换钱的都拿来换钱了。还卖了一些羊粪,烧炭的人家锅灶下做引火用。

以上所有这些收入,加上年前卖的猪钱,以及去年秋季的土豆钱、多巢的粮的粮钱,一共三百一十四块,算了算,够买一辆自行车加一块手表，这就满足了彩礼三大件中的两件，缝纫机暂时不能硬买了，因为还得留钱给上学的两个学生。

商量了一下，由媒人去说，询问女方家可否接受家里那台旧缝纫机顶替。同意是同意了，可又提了个新条件，要副银手镯。也是糊涂，母亲将自己当年结婚时的一对银纽扣、一只小银酒杯，外加一枚袁大头融了让银匠给打了一副镯子，要知道这几样加起来的价值要远大于一副手镯，但还是这样做了。

于是7月份这婚就成功地订了。结婚日期商定在正月初（来年的），这差不多已经成了个约定俗成的时间，那时人们还在过年，肚子里有的是油水，吃不了多少东西，此外也有闲。

8月末的时候，家里迎来了首个好消息，老四考上了大学，尽管是个专科，在蒙市的师范学院，却也成了村里的第一位大学生，何况在那个录取率仅有百分之几的年代，能够考上专科也相当不错了，代表了家里的一份荣耀。

张老四春风满面，却没人顾得上同他一起庆贺，大家都在地里忙秋收，就连小花也第一次拔起了麦子，不过仅仅在拔的第三天就因痛经蹲在地头捂着肚子拧来拧去一副痛苦样。母亲和哥哥们都让她回去，她踌躇着做不了决定，后来张老四说要去公社开户口和粮食转移证明，怂恿她走，她便也跟着走了。

一路上张老四说个没完没了，他也不管小花听不听得懂，向她讲述自己的梦想、憧憬校园的生活，以及向往以后的时光。一段长上坡让他停下来推着自行车走，小花则踽踽地跟在后头，疼痛加天气干燥令她十分疲乏，太阳很毒，然而她眼中的四哥却依旧兴奋无比，她搞不明白他为何要如此激动，和平日里简直判若两人。

周围的天地异常宽广，走在一条细长的沙土路上，两人显得非常渺小，张老四的理想撑高了这片天，就是多年后小花再回想这一幕，也仍记得这一天：太阳很高，云儿很轻，四哥的脸笑成了一朵花。

到了公社需要去两个地方办理手续，一是派出所，一是粮站，张老四亮出他的录取通知书引得办理人员好一阵夸赞，要知道那一年公社里仅有两个人考上了大学。两处开出的资料上面均写着同一个名字：张明全，但那已是张老四的曾用名，他如今叫张辉，报名时改了的，寓意光辉灿烂。

第二个好消息是张老六也考上了重点高中，在蒙市上，两年后参加高考。但他并不像张老四那样兴奋，毕竟两年后到底如何谁也不知道，不是也有落榜考不上的嘛，而且有的落榜生返回县中补习再考依旧名落孙山。此外他的性格也与张老四迥异，他属于沉稳型的，从小就一副大人样，看着让人放心。再有就是他的志向比较高远,他才不会为眼前这点小胜利而沾沾自喜呢!

他看不上四哥那样的学校,觉得最起码也得出区,并且还要是个本科。师范学校他倒也不排斥,但一定要是好学校、好专业,他听人说过首都师范大学有个心理学专业,他多少有点兴趣,可他又不想学文,所以最终也还是把师范院校从心里过滤掉了。由此他也就不羡慕他的四哥,对于四哥的那份过分的高兴劲,他看得相当冷静。

四哥给了他个建议,也让他改名,他想了想觉得合理,其实他早就嫌土了,于是在高考报名时改为了"张一葳",意为繁荣茂盛,但目前他还是叫"张明喜"。

夏季就这样过去了,张辉和张明喜双双上学离开,家里还在继续秋忙,剩下的五个人是:老大张明宝、老三张明福、老五张明旺、小花以及母亲。

母亲现在精神上有了莫大的虚荣与满足,村人都羡慕他家出了一个大学生、出了一个上重点高中的,要求自己家里的孩子向他俩学,她便时时转述人们的话给家里人听:"你看看人家,一下子出了两个人才,你们快着点好好学,将来也考个大学、上个重点!"然而她当下依靠的却是家里的这几个人,再说得具体点就是张明福。

老五张明旺显现出了不配合,干活不似过去那么主动了,老唠叨着嫌窝在地里没出息,透露出想出去的打算。

他倒是不想去投奔他的二哥,他知道他二哥还在外面漂呢,另外他也不愿意身边有个人约束自己,他只想自由自在。

他最终决定到县城里,县城离家百里地,一位原来邮局的职工提前退休后在那里开了一家饭店,他认识他的小儿子,他想过去帮工,同时学门厨师的手艺。母亲希望他等他三哥结了婚之后再走,他答应了。

也幸亏他没走,否则还得催他回来,张明福在磨房里磨面时掉入中间那个接面粉的大坑将腿摔骨裂了,严重倒不严重,但也暂时不能干活了,得坐在炕上养,而他结婚之前的好多准备工作,例如采买,需要有个人能随时支应,此外还得有人想法负责通知亲戚们。

张明福的未婚妻得知后,来伺候了张明福一个月,等他完全好了,她又回去继续等着做新娘。在时她就显示出了她的贤惠,无论做饭、洗衣服、打扫屋子,样样都干得尽心尽力且有模有样,她倒是不会蹬缝纫机,但有张明福就行啦,也算是互补。其他时间她都是低着头挑拣发菜,这都是剩下的一些品相不好的,挑起来愈加费事。她总是侧着身子弯着腿坐在炕上,像一条鱼一样,脸上再挂着一抹绯红,就越发地美丽动人了,小花喜欢定定地看着她,再问一些她的问题,什么你们那也和我们这儿一样吗,住这样的房子、吃这样的饭、穿这样的衣服?还不都相同嘛,都是汉族人,又都是农村!

小花听了似乎很失望,也不知道她的小脑瓜在想些什么。她的话勾起大家的讨论,最终竟说起各地方言的差别来,像张明福的未婚妻她说的话就与他们不同,叫"鸡"为"zī",叫"筷子"为"kuìzi",而且音调也不一样,为此一开始小花听着老笑,她这未过门的嫂子便一脸红霞,后来她抓着了把柄,发现小花他们"gǔn""gǒng"不分,"mén""méng"不分,她指出后,众人便笑作一团,小花再故意夸张地大声说道:"gǒng(滚)开!""关méng(门)!"人们就愈发笑得厉害了。

他家很少这样笑,平日里都笑得很温和,不似这般热烈,只有这次这未婚媳妇来才似乎搅热了气氛,然而却又不是她发起,所以想必以后在一起一定相处融洽。

小花还是动不动好问她问题,这一次又问她们那有没有草原,这未来的嫂子迟疑了一下,然后忽然将脸转向了张明福,求教道:"你说我们那有草原吗?"

"有啊,咱们整个蒙市都是半农半牧的,纯粹种地的和纯粹放牧的,都很少。"

"那我们那儿怎么不见有人搂发菜?"

"也不是每个草原都有发菜,像我们这也只有乌达木才有。"

他又想起了他在草原上过的那些日子,这时恰好小花问他草原上还有什么,他便说有苍鹰,有草原鼠,还有百灵鸟,他之所以这样讲,是由于他那时候躺在筒子里一动不动时,生怕苍鹰俯冲下来啄瞎他的眼、草原鼠半夜咬掉他的耳朵,以及百灵鸟飞起拉他一头屎。

月末下了一场大雪,一早推门都被雪挡得推不开。赶紧除雪!大黄躲在柴火堆里这时候才露出头,看到有人活动,它匆忙跳了下来,结果雪地上留下了一串它的爪印,进屋后又抖落下了一地雪。羊们今天不出群,积雪太深,羊倌怕它们掉进雪洞里。于是忙着叉草、喂料,三匹马也不久嘴上都套上了料兜——天冷首先得给它们吃好。猪到了最后抓膘之际,每日的猪食除了煮麦秆粉混土豆,还加入了麦麸与豆粕。

随后炊烟升起。

老大张明宝在院子里继续铲雪,老五张明旺忙完了他的正在洗脸。他比之前爱美了,总是洗很久的脸,照很久的镜子,再梳很久的头发。

别人都在等着用洗脸盆,他却在那磨蹭。母亲催他,他嘟囔了一句:"谁让你们不早起!"确实,女人们都起得晚,除了母亲,如今又加入一个老三。话说他们起得早也没用,帮不上院子里的任何忙,相反还碍事,但老五就是要这样说。

吃完饭各忙各的,之后又是午饭、晚饭、喂猪、喂羊、喂马,然后掌灯、唠闲嗑、睡觉。

进入腊月,张明福的腿完全好了,只是还不敢使大力,张明旺听从母亲的指挥跑了几趟县城,去采买过年和三哥结婚所用之物。他回来一次说一遍"饭店又催我了",回来一次说一遍"饭店又催我了",母亲听罢总是耐着性子抚慰他说:"快啦,快啦,再等等,再等等!"有一回说时,她手底下还正在缝着结婚用的被褥,头上也正沾着一朵棉花。

这一年张明福家杀的猪一两也没卖,全部预备用在婚礼上,另外还采购了很多鱼,这是宴席不可或缺的。说时年来到,老四张辉和老六张明喜早半个月前就已经放假回来,老二张明亮没回,寄了五十块钱来。

老四张辉依旧春风满面,他在学校过得不错,当了团支部书记,每月有生活补助,粮票用不了换手套换袜子,比在补习期间省钱,还用节省下来的生活费买了双皮鞋。老六学习紧张,回到家只要没活就抱着书啃书,嘴里念念叨叨。

由于婚礼在初九,所以过年时大家并没有怎么吃肉,全都留给宴席。婚礼前一天第一个来到的是张家的外婆,一个精瘦的老太太,身后跟着她四个女儿以及各自的孩子,还有一个抱在怀里。她们是坐拖拉机来的,三女儿家有钱,率先买的,剩下的女婿们则一人骑马,另两人转车到南边那条大路,随后步行赶到。唯一的一个舅舅赶了辆驴车来,还没进院,那只驴先嚎了几声。叔叔们是当日一早来到的,他们住得近，就在附近的村落，也有一个同村的，正好安排那些女婿们住在他家里，结果打了一整夜麻将。

这里特别介绍的是张明福他们的表舅姥爷，他这次来做总厨师，他也是提前一天来，只不过下午才到，来时背上用带子缚着一个智力存在严重问题瘫软无力的女儿。她时不时就抽搐，你都想象不到他是怎么骑马把她带过来的。

农村人的同情心普遍不高，最为过分的是那几个姨中的其中一个，耻于有这样一位表姐妹，笑了不止一回，并且当小花问"我姨怎么了"时，她这样讥讽道："瞧瞧！瞧瞧！就那样还能当起个姨？"

一个人从小没有母亲是最为不幸的事情，被人嘲笑更是不幸中的不幸，幸而他女儿什么也不知道，而他也早已习惯了如此场景。

他是一个隐忍和坚强的父亲，与人谈起来女儿时语气平和，有人问他看过（医生）没有，他说看过，但没有办法。他就连一声叹息也没有，而女儿唯一能含含混混说的一个词就是：爸爸。

人们背地里说像这样的不如早点喂点药拉倒，而他却将她拉扯到了二十多岁。他妻子是生他这女儿死的，过后他没有再娶，而是一直专心致志地照顾女儿，可惜苍天不开眼，女儿的病并未见好过。他在草原上有一群羊，有时牧羊犬给负责放，有时他自己骑马放，走时则必带着女儿。

同样，这次来婚宴上帮忙他也带着女儿。没人提他的厨师手艺是从哪学的，仿佛都事先知道似的，而他一来便让把鱼解冻，随后剖洗干净用酱油腌了起来。这是很重要的一道菜，酒席宴上只有鱼上来了，新人才能挨桌敬酒。

其余的都是蒸菜，像扣肉、丸子、鸡肉等都已提前做好，到时上屉搁佐料一蒸就行，炒菜则有几个可供支使的小伙子，他们忙就成，他只负责尝味道即可。

然而恰是他自己的那道菜，红烧鱼，结婚当日出了问题，实际上也仅是泥腥味，鲤鱼嘛，难免的，可就是那讥笑他女儿的那位他的表外甥女，当着他的面对别人嘀嘀咕咕说是捂了的味，说他油炸后放在大缸里没摆开热散不出去导致的，而他也不争辩，似乎从一开始就对他的这位表外甥女不感冒，他只自顾自地准备着，用一根大带子将已被皮袄裹好的女儿绑缚在自己的后背上，预备离开。彼时下着大雪，人们留他再住一宿，他则推说家里的羊没人管，成了婚宴结束后第一个离开的人。

现在再说婚宴结束前的事情，即婚礼的整个过程。新娘子于头一晚经送亲的人陪着住进了公社的一家旅店，翌日由张明福带着这边娶亲的人去接，接来差不多中午，正好典礼开席。接亲用的是拖拉机，就是送几个姨和外婆来的那辆，后面跟着一驾大马车，再后边是一串自行车，一路浩浩荡荡，又正遇天空飘着雪花，在车头、马头、自行车车头的大红缎被面的映衬下，队伍瞅着煞是美观。

行拜礼时，母亲早已被几位小叔子们抹成了花脸，她弯腰驼背地坐着，笑中带泪。这是她接受的第一个来自儿子结婚时的拜礼，本不应该由老三先施，可事不遂人愿，老大算她欠下了，老二又那样，所以心中不由得生出感慨。

新娘进门上炕第一件事是先洗手，洗毕掏出一把钢镚撒入水中，水是由小花来倒的，也必须由她倒，她得了一把钢镚脸上乐滋滋的。别的孩子则指望得些其他的，主要是糖块，而且最好是奶糖。当地有结婚藏新娘鞋的风俗，藏起来之后新娘下地找不着鞋穿就得问别人，通常问的都是小孩，只有他们最清楚，因为他们眼盯的就是这件事，况且彼此之间还老是藏不住秘密。有嘴牢的，问了摇头说不知道，有憋不住嘴的就偷偷告诉新娘，然后得一些糖。但这仅是一般情况，也有孩子们一无所知的时候，主要是藏鞋人狡猾，发觉被孩子们看到后，趁人不备又偷偷转换了地方。小花的嫂子提前准备了两双鞋，当实在问不出来时便掏出其中一双换上，不久这双鞋就不见了，或是只剩一只，随后很快下一双又不见了，或再次只剩一只。鞋是被轮番藏的，可等到最后预备敬酒时，正需要那双大红鞋的当口，鞋却不出来了，张明福问了一堆年轻人，才终于拿烟和酒换出来。

说起来可笑，有一只竟然被藏在了鸡窝里。

敬酒时又被要求唱歌，还得是《夫妻双双把家还》，张明福老跑调，新娘子则羞得张不开嘴，不过关便被罚酒，如此闹了很久，直到闹够了人们才放过他俩，而此时也意味着婚宴即将结束。

婚后张明福并未单独分开过，而是还和母亲住在一起，后来才在村西头盖了一处新房搬出去，但土地始终没有分，都是在一起耕种、一起收割，继而继续担当着他在家中顶梁柱的角色。

六　小花父母来认亲

　　首先得怀着悲伤的心情来讲述一件事，大黄自己撞车而亡。正是在打狗气氛最紧张时，村子里每日都能传出狗儿凄惨的叫声，大黄许是不愿被吊死，自己选择了自己的归途，见有车从村旁那条路通过，冲上去直接将头撞向了驾驶室。

　　还是老三张明福将它埋葬的，就葬在了院子里，那一刻他觉得他终于与它和解了。

　　所以小花的父母进院时，院子里静悄悄的，刚好是午休时刻，7月中旬的太阳也正热辣。这一年是1984年，小花十三岁，她的父母从省城寻她来了。一个是记者，一个是编辑，打听她一点都不难。

　　母亲于寂静中听到有人问"这是张小花家吗"，遂睁开眼支棱起身子往门口瞧，见门框中一前一后走进来两个人，衣着都非常光鲜。不用问，这是城里人，而且是大城市里的人。果然他们自称来自省城，专为了一桩事而来。

母亲听闻一边忙着下炕沏茶，一边睁着狐疑的眼睛问什么事，这时候那两人反倒忽然变得吞吞吐吐了起来，最终还是男的先开口问："小花不在家？"问时还目光四处逡巡。

小花没有午睡的习惯，一个人正在凉房里挑红薯干吃，一束阳光从小窗里射进来时，她看到好多灰尘精灵般地在光柱中飞舞。这是她的"私属领地"，尽管里边放置着粮食、面以及喂猪的饲料和杂七杂八的物什，但她还是没事就在里边窝着。母亲说有老鼠，可她没看见过，就权当没有。她已经到了需要一个私人空间的年龄，所以很希望能有个自己的房间，可惜条件不允许。三哥和三嫂占了原来四哥和六哥学习的那间小屋，而三嫂又把里边拾掇得十分漂亮：裱了墙围，糊了屋顶，还把炕围洗得青中带亮。她也不知从哪里搞到了水泥，抹了一层上去，说是挨着衣服不沾白。

这个暑假四哥忙着给参加中考的人批卷子，他捎话说得过一阵子才能回来，六哥呢，到北京去了，据说参加什么化学竞赛。北京她还没有去过，只常听说而已，一张代表它的大大的天安门画像就挂在墙上。二哥讲过这样一件事，说他给学生们上课，一年级的学生，他指着教室墙上的天安门像问他们：这是哪啊？学生们异口同声地回答说：

北京！他又问：那北京是我们国家的什么呢？没有一个人能说得出来是首都。

她也不知道，只知道人们去了回来都很兴奋。

她再次想起去年去省城，觉得将来要是能生活在那就挺好。讲起她的凉鞋来，已经有一根带子从前面粘的地方脱了下来，她不清楚怎么修，就那样让它翘着脚趾头露在外，走路时要多别扭有多别扭。有人说她的鞋该扔了，可她舍不得扔。

不知怎么，她经常梦到买东西，而且是去省城里的大商场，可是又每回都不认得路，即使费力找到，却发现不是很艰难地从一条隐蔽的小楼梯进入商场里，就是进去了东西几乎售卖一空，剩下的稀稀落落的一些都是她不需要的。

那么她需要什么呢？说是书。

可她明明不渴望，她只渴望一双红皮鞋。

她还希望能经常吃到西红柿。在省城里时，她不明白人们为什么要做西红柿酱，就是把西红柿剁碎放到一只只输液瓶里，然后盖上皮塞，上面再插根针头，放到锅里"咕噜咕噜"煮半天，做好后，贮起来。

二哥的同学就这样做，为此买了一筐柿子，有不红的，他就单挑出来覆上一层塑料布，说是为了催熟。她吃的是里边最红的，打开瓢都是沙，到了嘴里就甭提有多美味了。

然而家乡一年四季都见不着一粒西红柿，想吃谈何容易！

遐思中，一阵"嘀唠嘀唠"的谈话声响起，她知道家里来了人，不过她并没有想去看看是谁，只想一个人再继续待着，直到她听到了哭声，而且夹杂着很激烈的述说声。

于是她快步走出凉房预备上大屋去。北方人为了储放物品都会设一凉房，而这一凉房又为了防盗通常会与主屋一墙之隔，或一堂之隔，张小花家的凉房在后院，属于前者情形，开门即是一廊道，要去拿取东西先要经过这一廊道，后来图方便便在堂屋墙上开了一扇小门，平日里这扇小门总是关着，且屋门的颜色漆成白色，很不起眼，故而不引人注意。

小花推开这扇门经堂屋出现在大屋门口，首先看到的是这样一幕：一个女的坐在门边炕沿处掩面哭泣，一个男的背对着门在安抚这女的；母亲黑着脸在靠近锅边处坐着，脸侧着，似乎很气愤；三哥则靠着碗柜前倾着上身张开双手正在讲述着什么，而且很激动；只有三嫂表现得最平静，却一脸迷惑，眼睛来回不停地在门口这两人与母亲之间移动。

三哥最先看见她进来，立刻噤了声，刚才伸出去的手也旋即收回，并且挺直了身子，门口两人见状迅速回头，目光交织，那女的即刻止住了哭声，眼露惊愕之色，而小花也瞬息间认出了他们。

她昨天在李二娃家见过这两人，他俩当时盘腿坐在炕中央，样子有点像他家来的客。他们问了她好多问题，语气都相当和蔼，可她从中感觉到有某种东西令她不舒服，太过亲切了，都有点讨好她的意味。她不明白李二娃的老婆为何要邀她来，而且鬼鬼祟祟的，仿佛生怕别人知道似的。

平日里两家人不怎么交往，主要是李二娃的叔叔说话阴阳怪气的，人们都有点怕他。其实是讨厌他，是孩子们怕他。母亲爱学他说话，什么"山村村人没见过世面，见了宝贝也当驴粪蛋地看"，什么"喝凉水不能伴着豆子吃，否则就剩蹦屁了"，逗得家里人每次都笑。

据说他十分吝啬，他在他家管钱，他侄子同他要一分，他也要撩起衣襟边絮叨边掏钱，而后等侄子把钱转交给他媳妇时，他再絮叨一遍。他不是不喜欢她，而是认为她脑子不清爽，要不然也不至于说不清她的娘家在哪里。

说起来这一家人也是好人，他们早想着帮她找找家人，毕竟谁都得有个亲人不是。

这李二娃的老婆来了这儿十多年，早已改了乡音，凭口音是断不出她是哪里人的，她自己一直说是东北的，放学后在学校门口被人领走，村里人也就一直认为她脑子不清爽。

可她在家并不受气，李二娃当神地宠着她，叔公嘴是碎了些，但也将她当女儿看待。听母亲说，她刚来的那几年，没有水果吃,他们老给她买罐头,只是她自己有点那个,如同压根没上过学一般,同他们这些村人一样愚昧,有时甚至还不如他们。

她还总是神神鬼鬼的,就像这次,她说让上她家烤剪纸样,可她根本就没想过要烤,去了她也就像遗忘了似的,光让她一个人站在地上接受审阅。她回答了好多问题,最后见那两人都把目光凝聚到她的鞋上,她匆忙往后收了收脚。她看见那女的脸上掠过一股痛苦色,便以为她有点瞧不起她,于是立刻告辞回家。走在路上她还在寻思这两人是谁,没想到他俩今日竟出现在了自己家,而且看样子并不受欢迎。她倒是喜欢家里来客,如此家里会变得不一样些,另外他们也总会讲一些新鲜的事,她听了便感到心驰神往。有一次一个人说他儿子新近大学毕业分配到一家军机厂,过年时分了活鱼,他坐到炕沿上说鱼是装在盒子里的,她听着就觉得挺神奇,不明白盒子里怎么还能装活鱼。说这话的这人还是公社里的一名小学老师,和二哥是同事,如今已经调到省城里教学了。说起来他的执着人们也总是赞叹连连,他有四个孩子,三儿一女,女儿排老二,妻子因精神病死亡,大儿子和女儿分配到省城工作后,他一月一封信写给有关部门,阐述他的不幸:妻子早亡,儿子女儿毕业后不在自己身旁,他年老孤独(那时人一过四十,就被看作是老人），还有两个年幼的孩子需要拉扯，所以恳请领导批准，将他调到儿子女儿身边，最终，他的行为感动了某领导，他的申请获批了。

她经常能想起这个人，可二哥却不屑一顾，说他溜须拍马，见人说人话，见鬼说鬼话，十个人十个学不来他。小花判断不出这里边有多少嫉妒的成分，还有点信了，但就是想象不出他如何溜须拍马。

还有一个她记忆比较深刻的是个老太太，同母亲年龄相仿，似乎是母亲小时的玩伴，嫁到公社里一户裁缝人家，跟着丈夫做衣服，但由于她丈夫成年做棉衣，说是棉花毛子进到了肺里，早早死了。这些都是母亲讲的，小花也不懂，那个老太太那次来是从一个中医那返回，她腿患风湿行走有些困难，说那中医治得好，路经她家时住了一晚上。

母亲包饺子招待她，包的过程中老太太讲了一个仙女的故事，听得她心醉神迷。故事情节是这样的：

说一个男子每日外出劳动，家里乱得一塌糊涂，回来也没有顿热饭，可是忽然有一天，等他回到家中，发现家里被收拾得非常整洁，而且就连饭也做好了。他感到十分奇怪，连着几日都是这样后，他就想搞搞清楚。这一天他佯装去劳动，却躲在屋外隔着窗户偷看，结果他看到一位仙女从画上飘飘然下来，先是打扫屋子，然后做饭。他推门进去，仙女来不及返回画里便留了下来，于是他们就结婚了。

她之后就再也没听到过这么美妙的故事，她总是盼着那老太太能再来，但听母亲说老太太已经拄上了拐杖，看来是没什么指望了。别人来她也欢喜呀，可唯独这两人她打心眼里抵触。

母亲这时也看到她站在门边，打了一个手势示意让那两人离开，那女的似乎还想争取，男的却阻止了她，随后女的站起来由男的扶着准备离开，小花赶忙让道，女的经过她身边时却突然站定，双眼噙泪地对她说道：

"小花，我想跟你说件事……"

"你敢！"母亲厉声截断了她的话。

那两人见状，只好放弃，女的重又哭了起来，男的则重重叹了一口气，两人临出门时双双回过头来望了小花一眼，似有不甘与无奈。

接下来这一白天的剩余时间，空气中便弥漫着一种诡秘的气息，老三张明福和母亲聚在他的屋内嘀嘀咕咕，既要避着小花，又要避着老大，等晚上他们告诉了小花这样一则故事：

十三年前，今天来的那两个人生下了她，他们是知青，因为急着要回城，又无法带她走，便把她送给她家，今天他们来认亲，问她愿不愿意认他们。

且不说依据白天母亲和哥哥的态度，她就知道应该如何选择，单就问她自己她也不愿意，事实上，她都有些怪怨他们告诉她，觉得平白无故多出这么一对父母，令她情感上难以接受。其实她更怨恨她的亲生父母，认为既然已经把她送人，何以又要来认她？

哥哥和母亲听闻没再说什么，脸上的表情表明这并非如他们所希望，那么白天他们又为何那么激动呢？原来他们被责怪不让小花上学、给小花穿破衣服，并为此声称要带走她。

不让小花读书当初也是出于爱（姑且不论这爱是否恰当），穿破衣服仅是胳膊肘打了块补丁，村里孩子都如此，至于鞋，那是不让她穿她还偏要穿，何况他们本身也觉得没什么。

当然光指出这些，他们也认，还不至于那么生气，主要是一说要带走她，给他们的感觉就是来讨要孩子的。好在算是误解了两人，他们当天便离开村子返回了省城，并且什么话也没留。

事情到此本来风平浪静的，若不是随后被老大张明宝到李二娃家一闹，小花还不知道她是被抛弃的，知道后情感便受了深深的伤害——敢情当年自己是没人要的孩子，这还得了，她顺着后山就跑了！三哥将她追回，母亲怕她心里系疙瘩，记恨她的亲生父母，告诉她当时是被她的亲生父母送给另一户人家的，这户人家的婆婆上门去领，返

回途中内急上厕所,将她放到了路边,然而事实却是当时两人并未领结婚证,迫不得已才做出了上述举动。

瞧吧,多么善良和伟大的一位母亲!

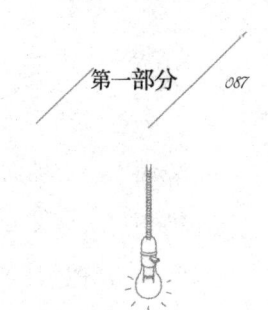

七　张明旺陨落

1984年的正月,张明旺都没等得及在家过十五便跑到了县城,其实那时饭店还没正式开门营业,他只得暂住在老板家里,同他的小儿子玩耍在一起。邀他来饭店干活也是这小儿子的主意,不过饭店也确实缺人手。两人年龄相仿,性格却不尽相同,老板的小儿子比张明旺蔫了一些,给人的感觉是特别老实,然而就是这老实人却每每从柜台里往出支钱,事实是背着他父母拿钱,时间长了便有了这样一种说法,说张明旺是帮凶,钱偷拿出去后两人一块花,而张明旺对此说法又态度模糊,既不否认,又从来不竭力辩解,于是老板炒了他鱿鱼。当然在饭店的八个月里他还是比较上进的,也曾努力想当个好厨师。

张明旺不属于悟性高的人,学厨师进步不很快,有一次饭店短暂装修他回来歇假,给家里做了一次糖醋鲤鱼还烧煳了。令场面尴尬的是，他接下来反复抱怨说是醋不好、糖不好、锅不好，其实本没什么，他这一强调，反倒使得家里人开始怀疑起了他的厨艺。他的热情倒是有的，甜口咸口地唠叨个不停，无奈家里的菜品不是炖土豆就是炒土豆，也对应不上他嘴里的那些，渐渐地他就说得少了，但依旧很兴奋。也正是从这时候起，家人发现他吃饭挑剔了，而且嘴也变馋了。他动不动自己开小灶，把家里为数不多的肉切成块放进锅里炖，然后就着个馒头吃。

他有一点好处就是不喝酒，否则更遭人恨。

这就算是个开头，好吃懒做历来是一对孪生子，离开饭店后他再没有正儿八经找份工作，而是开始混迹于社会。如此就总是缺钱，他也总想法借钱，等到家里知道时就一定是有人上门来要账。母亲不得不给，却也每次气得要命。坚强的她时常落泪，哀叹家里怎么出了这么一个和他们不一样的人，并且心里也自问，是不是他天性这样，只是以前隐藏着，如今才显露出来？

然而再怎么揣测，已经是事实，当不再有人来要债，张明旺就自己回来拿钱，可家里上哪再有钱去，张明福结婚时购买衣服以及婚礼所用借他三姨家的钱还没还上呢！

出于赌气，张明旺走了没再回来，就连过年也是在别人家过的，母亲向人打听，才知他处了一个女朋友。她一厢情愿地声称若是他愿意在人家做个上门女婿也行，可惜她听到的全是坏消息：首先是这女孩无父无母，和哥哥们住在一起；其次是这女孩的有些行为遭人诟病；最后是这女孩抽烟喝酒，还小偷小摸。如此一来，母亲更担忧了，担心两人在一起干出什么坏事来。她让张老三去找他，正好借着家里准备给羊羔盖暖房的由头。张老三是在地质队找到张明旺的，他那时正在人家那里看电视，有一群人围着，其中那女孩也在，而且两人还学着电视里的样亲嘴。地上坐着一群孩子，他俩站着，张明福进来谁也没发现，人们的注意力全在电视上，等到听到吵闹声再扭头看，便看到张明旺正被一个人使劲拽着往外走，而他则在抗拒。

然而没人理会这些，都是一帮孩子，看人吵闹的兴致远没有看电视高。就这样张明旺被逼了回来，他一路上都不说话，闷着头和张明福保持着距离。头天晚上两人住在旅店里时他也是这般模样，害得旅店老板一个劲地瞅他和张明福。旅店老板是个女的，丈夫晚上跑大车往天津拉煤，她开了个家庭旅馆，就那么两间大炕，张明福和张明旺并排和她的三个孩子躺在一起，她在门口的一个小门房内半躺半坐着值着班，另一间屋内则挤满了一些大男人。都是跑南跑北的人，图的就是住在这里便宜，然而住在一起呼噜声此起彼伏，在暗夜里纵使再有灯光，也显出一丝恐怖来。

跑大车的男人后半夜回来，他简单问了问住店客人的情况后，吃罢饭便挨着张明福躺倒睡下，然后张明福闻着

他一身煤炭味。

第二天起来，张明福、张明旺两人饭也没吃就往回赶，一早的班车，到家正好中午。步行那段路上，张明福试着想同张明旺聊聊，然而张明旺低着个头只管往前走，要么就侧着脸故意躲避着，完全一副不情愿的样。他确实不情愿回来，在外边野惯了，他不愿意再回到那个小村庄里，另外他也觉得自己都这么大了，还被逼迫，心里怎么也接受不了，反正他是这样想的：等盖完暖房，他还要出来。

张明旺回到家，家里人都小心着说话，生怕把他惹恼他再一去不回家，于是昔日那种温馨的气氛不见了，代之以是一种压抑。冲突也有，就是实在憋不住时老三会训他两句。不知不觉，老三成了家里的主事人，但更多时候他依旧还是埋头苦干，有人约他合买拖拉机，他想都没想就拒绝了，他知道，自己没那个实力。

盖暖房先得脱土坯，老大张明宝挑水，老三张明福和泥，随后和老五张明旺一起往模子里铲泥，再刮泥，抹平了往起一提剩下的就是一块湿土坯，正是春季时干得也快，很快就一溜一溜地铺满了院子，起起来后垛成垛腾出空地再脱。与此同时，石头地基也在砌着（这一次似乎程序出了问题，应该先砌地基再脱土坯）。张明旺一个人赶着马车拉石头，一次拉不多，表明了是在"磨洋工"，也向众人宣泄着他的情绪。好多事情似乎命里注定，脱土坯挖土就是在门口挖的，距离大门顶多六七米，就沿着路把渠朝南破开，然后形成一个大坑。大坑又深又宽，像一张张开的大嘴随时准备往里吞人。这一天，张明旺正拉着一车石头经过，石头不多，却也块块形大量重，突然间不知从哪窜出一条狗，马受到惊吓，身子一挺，前蹄一立，刚巧就把他掀到了沟里，伴随着石头落下砸在身上，当即他就离开了人世。

母亲痛哭，后悔加自责令她一夜之间憔悴得不成人样——头发彻底白了，两眼凹陷了，两腮瘦削如刀刻。张老三也觉得是自己做错了，不该将弟弟硬拽回来，如今导致这种结果，他认为无论如何都不能原谅自己。

收到消息，老四张辉和老六张明喜双双赶回来，前者正值毕业前夕，后者再有两个月参加高考。老二张明亮收到的是电报，由于下雨路断，他辗转两天才到的家。他一个人回了来，没有带妻子和孩子。这是他离家后第一次回来，弟兄们见面抱头号哭，这一刻独缺了张明旺。他陨落了，这一年他十九岁，时间是1985年5月5日。

不久，村里又矗起了一座新坟，就挨着李二娃家的孩子，由此村里约定俗成，那里成了没有成婚人的最终归宿地。李二娃的老婆已经又有了孩子，那一座小坟带给她的伤痛成了过去，她不再去哭，不再絮叨。如今换成了母亲去哭，哭她的五儿子，不过很快人们就阻止她去，怕她哭瞎眼，于是她变成了只有哀伤和悲戚。

她的哀伤和悲戚同天下所有母亲的一样，恢复起来持久而漫长，在这期间干什么都没了兴致，只要一想起来就满眼泪。张明福安排她走一段时间亲戚，去各个姨家，然而她仅去了两天就回来了——她在谁家也待不住，白天夜晚满脑子想的都是儿子，还老做梦，另外她自己也感觉到干扰了别人的生活，同时亦不愿意看别人同情的目光。说到底她还得靠自己慢慢复原。

两场梦为她减轻了不少自责，第一场她梦到张明旺赶着大马车笑声朗朗，鞭儿在空中甩起时连空气都被震得啪啪响，她能感觉出他的快乐，就仿佛要赶去什么他盼望许久的地方；再一场是一座高山，云雾缭绕，四周围有小河环绕，她听到非常爽朗的笑声，而且她识出那是五儿子的声音，但就是看不见他在哪里，仿佛在半空中悬浮，又像在云端里。

她将这两场梦讲给孩子们听，还未等其他人先开口，张明福的媳妇就先惊奇地问道："他已经到了那个地方？"

"哪个地方？"众人齐声问。

"就是人们常说的天上。"

这下子大家伙都不作声了，因为他们不信教，知道只有天主教才讲求这个，另外对于张老五是否能去那里，他们心中充满了疑惑。

但不管怎么说这对于母亲是个安慰，只是她依旧忧伤。

夏季村里仅有的几棵树变深绿了之后她开始挎着筐子去打猪草，这活过去是属于小花的，如今小花的任务成了看护和陪伴，有一天母亲看出，便对小花说："我没事的，你也该忙你的去。"小花能有什么忙的，她抢了小花的活计，让她只能成天同她嫂子聊天去，不过人们发现母亲也是为了外出散心，也就随她了。当然，他们也看到母亲把老五的墓打理得干干净净，坟头不留一根杂草。

八　张一葳发誓将来报恩

　　张明喜，此时已经改了名叫张一葳，他不是没考上大学，而是考上了不去，他看不上那学校，即他四哥张辉上的，认为档次太低，加之之前讲述过的原因，他不喜欢师范，便决定放弃。如今他更是决心坚定，因为他四哥毕业后被分配到了一家铜矿，而铜矿呢，用他四哥个人的话说，又把他"扒拉"到了一处下属矿区，结果最终他被安排进了子弟学校。四哥去得不情不愿，张一葳仿佛看到了自己的未来，于是他把他的想法对母亲说了，要求复读。

　　实际上他是想和命运搏斗一回，不甘心就这样被不喜欢的学校和不喜欢的专业所录取，母亲当然不理解他，觉得有所学校上，未来有份工作，脱离农村就可以了，哪还有什么理想不理想的？她还依旧沉浸在失去五儿子的悲痛中，对于张一葳的请求有些懈怠，并且开始埋怨之前学校推荐他上省师范他不去的行为太草率。原来张一葳参加全国化学竞赛获得了集体二等奖，三名组员中的其他两人为了稳妥，都接受了推荐，唯有他，要自己考，且前两志愿都是重点大学，可惜考场没发挥好，落得了如今让他失落的境地，而这里边又不知有多少成分是因张明旺的去世。他自己倒是坚称是因发烧，只是大家都对此说法持怀疑态度。

一向仁慈的母亲这一回看起来不太好说话，张一葳连说了两回"不甘心"，她也无动于衷，逼急了就说要是再考连一所大学都考不上该怎么办？这倒是个事实，可这话听着又多么令人丧气，好在张一葳有足够的自信，所以他才敢执拗地坚持自己的决定，但母亲依旧没有首肯。

张一葳转而去求三哥，让他去帮着说说，可张明福尽管已是一家之主，在有关用钱方面却还是听母亲的，毕竟母亲从未授给他财务大权，而如今张一葳复读首先涉及的就是钱。钱对于他们这种不富裕的家庭虽然并非首要，但重要性不言而喻，因为它来得着实不容易，实际上上大学也需要学费，但那根本是两回事，不像现在和赌博似的，因此张明福一开始并未答应。其实他更忌惮的是母亲的态度，他看出她铁了心地不想让张一葳复读，于是张一葳立刻蔫了。

张辉不敢发话，只在背地里支持弟弟，然而他又没有能力帮助他。最终还是张明福，他一句话不说再次收拾起行囊和器具踏上了去采发菜的路途——他也是真急了，开学在即，刻不容缓。但远水解不了近渴，何况地里还正在收割着庄稼呢，而今年的庄稼又长势不好，下不去镰刀，不得已都得靠手拔，如此就更需要人手了，他走就只剩下张明宝、母亲和小花，张辉要去上班，张一崴如果等不及随时都有可能离开，现在唯一还在家的原因是走时需要钞票。张辉当初补习可以带着粮食，张一崴却一切花销都要现金。

事实是他这样做已然来不及了，草原上的发菜变成钱需要一个过程，而这里边最漫长的就是挑拣，当然前提是他能采得回来。

结果他连一撮也没弄回来。先前他只听人说现如今不好采了，宁夏人都是一群一伙地结队来，而且表现得很强悍，导致他们这些单奔的不敢去，等他到了才发现，事情远胜传言，这些人和当地牧民都屡屡发生冲突，如此警察巡逻得就很紧，巡逻区域也很广，他在外围盘桓了两日找不着机会，只得打道回府。

这下子他算彻底明白了为何近一年内发菜价格一路飙升了，都到了几十块，差不多都快赶上一个挣工资人的月工资了，而这也是令他这次冒险前来的主要原因，为了张一葳上学，他想一次就把所需费用全部弄齐。

想法是好，无奈实现不了，当他沉闷着到家，一切又都回到了原点。还得从家里想辙。羊毛是指望不上了，春天剪下来之后就卖了用于家用，况且也没多少，这几年为了少付羊工钱以及草坡不好，羊是越养越少，到今年只剩了二十多只，根本不抵用。粮食呢，旧的没有，新的还没打下来，即使打下来看现今的样子也产不了多少，还得顾及着吃呢，不能老是吃粗粮，人们的肠胃受不了。至于土豆，自打种下老天就没怎么下过雨，这对于成长中需水较多的它们无异于宣告了死刑，结出来的不仅个头小而且个数少，都可以预见将没有人上门来收。最终只能依靠院子里的两头猪了，一大一小，悉数卖给了别人家，公社里有的是这样的人家，专买瘦猪，经精喂后等到冬天上了膘，一杀一卖肉，就可以赚钱，或是留着自己吃。

学费解决了大部分，剩下的一点母亲默默地翻起柜盖从梳妆匣里拿出给补齐了，凑够了一百七十元，张一葳出发了。没走之前他为了心中的那份内疚，两只手拔庄稼拔得起了好多水泡，有缝的手套也不管用，何况他很多时候嫌戴着手套碍事，空手拔。这就如同自虐一般，他感激三哥为他所做的，同时他也希望获得母亲的原谅，然而母亲这一次却似乎表明了不想原谅他，有一次她背着其他人对他说道："要不是你三哥，我才不会同意你复读呢！"那一刻他哭了。

走时他给家里每一个人鞠了一躬,发誓将来报恩,特别是对三哥,望着三嫂挺起的肚子,他的誓言是:永生永世。

第二部分

/发菜/
 facai

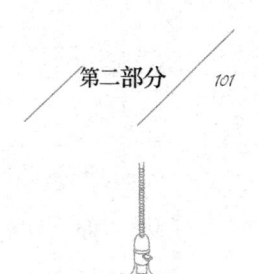

一　张一葳的高三生活

赶上了高中由两年改为三年升上来的第一批，张一葳插班当了一名高三学生，其实没人愿意这样做，因为补习班的学生从一开始就进入复习，高三的学生还得首先完成课程，另外补习班配备的都是些有教学经验的老教师，应届班则是从高一一直跟班上来的老师，可张一葳不知出于一种什么心理选择了如此做法。

他的到来倒也没引起多么大的轰动，考上不去，特别是师专的有的是，但还是有人窃窃私语，主要是女生，惋惜胜过佩服，有一位齐耳短发的这样说："要是我我就去，可惜我连那样的学校也考不上！"

身负压力，张一葳沉默寡言，他坐在最后一排，和班里绝大多数人都没说过话。然而实力是有目共睹的，期中、期末考试成绩均在前五名。

和班级里所有旁听生的待遇一样，学校不给解决吃住问题，即不能和应届生住在一起、不能和应届生吃在一起。但这都不是难题，学校满校园都是教师留宿学生之地，有的还自家开办一个小炒点，到饭点炒一大锅菜供学生购买。买时都是通过一个小窗口，用饭缸子，相当方便。有的也颇具规模，类似像过油肉之类的都有，当然这都得家里有钱的孩子才能吃得起。张一葳过得相当节俭，多数时候都是素菜加馒头，家里通过邮局给寄过一次生活费，也让一个路经蒙市的人给他捎过一次钱。说起来这个给他捎钱的人也着实令他事后一惊，这人当时背上背着个大口袋来找的他，就站在教室门口，高大的身形顶数脚底下那双大水靴最抢眼，看上去活像个屠宰工。他很大的嗓门将他叫出去，继而又很大的嗓门把二十元钱递给他，然后掉转身子很大的嗓门告诉他要去赶火车，身上背的那只口袋还跟着一跳跃。过年时，母亲说那口袋里装的是这人父亲的骨殖。

原来此人前几年随着几个弟兄回了山西老家，同往的还有他的母亲，如今他母亲去世，他回来挖他六年前去世父亲的遗骸，挖着了，运输是个问题，他就找了只口袋装进去预备用班车先拉到蒙市，再乘火车，可班车司机知道后坚决不让他带着与乘客坐到一起，无奈他只得让"父亲"独自待在车外的行李架上，他在车里头，到了蒙市，他又背着到了学校。这是前半段，后半段，即乘火车那段，无人知晓具体情形，因为再没人与他同车了。

这人的母亲同样苦命，由于长得丑而成为人们嘲笑的对象，张一葳几乎是听着这样的故事长大的，说当年风闻日本人要来时，凡是妇女都往土豆窖里藏，这人的母亲也进去了，结果一帮女的非常刻薄地对她说："你这么丑，还用藏吗？"

另一则是说他父亲年老了竟然忽然有了姘头，村人使坏去捉奸，还是用他母亲的名义，并且有人扮演他母亲。扮演者是谁呢？是村里一个男人，据说和他母亲长得有些相似，而他母亲又整日里都箍着一条红头巾，于是这男人也箍了一条红头巾，在别人的怂恿下，拿着手电"梆梆"敲那女人家的门，唬得他父亲慌忙穿衣服往家跑，到家却正看到他母亲睡在炕上，他父亲是死活也没弄明白怎么回事。

等到后来他父亲搞清楚是人们在捉弄他，想看他的笑话，便诅咒那假冒他母亲的人不得好死，也不知是偶然还是咒语真的起了效，那人有一天起夜到屋外尿了泡尿，自此瘫痪不起，随后先是从屁股部位烂起，继而遍及全身，后来就死了。村里人说他肯定是将那泡尿尿到了土地爷的头上，遭报应了，只有他父亲阴森森地说，是他诅咒的，当然，不久他父亲也死了。

对于村里这些乌七八糟的往事，甚至是老一辈的，张一崴小的时候就感到莫名其妙，大了便觉得村里有一种特殊的东西存在，他没意识到那是一种文化，有的村落温良，有的村落邪性，而他们的村，应该介于这二者之间。

张一崴每次回村听到李二娃的老婆说着一口既非普通话又非他们村的话，再看她竭力想融入村人的笑容，就仿佛盯外星人一样要多盯她一会儿，他怜悯她，却又觉得多余。

有一次他也是正义感上头，当人们又议论她时，他义愤填膺道：

"村里人也是的，为什么不报警？"

母亲一听，眼睛一瞪，警告性的口吻告诉他：

"谁报警？人家过得好着呢！"

确实他听说她的娘家人于今年初冬时节来到村里，接受了她的这桩婚姻，并且邀他们去东北发展，而人们也直到这时候才知悉原来她的父母那边是知识分子家庭，如今她的哥哥姐姐也发展得相当不错，有一个兄长在日本做学者，有一个姐姐在国内大学做教授。当然，以上这些都是他寒假回家后听人说的，彼时李二娃的老婆又诞下了一胎。罚款自然是由她叔公交，也不知这老头哪来的钱，先前他们家急用钱时也曾朝这老头借，带利息的。可自打发生了他二哥那件事后，他家就再没有向外人借过钱，其实有时就连自家人也被排除在外，像他这次上学，就没有对他二哥开过口。

他与母亲的关系在他回家前就已经冰释，他给母亲写了一封信，母亲看不懂，由四哥代替念，随后四哥又代替回了一封信，如此他心中的那个郁结便消散了。

下半学期一开学人们就进入紧张状态，此时课程差不多已经结束，正式复习的大幕即将全面拉开，这时他却遭遇了一连串的事情。班级里有这样一位女生可以说他注意到了，也可以说没注意到，她化着妆，整日里闷闷不乐的。成绩倒也尚可，而且坐在前几排。她是一名跑校生，为此时常迟到，从老师的背后穿行时，全班人的目光都盯着她。这倒并非因她漂亮，而是因为很快老师就要批评她了，而老师批评她也并非因迟到，而是因她化妆。

老师的言辞不可谓不严厉，别人听着都心惊胆战的，那女生却坐在那儿纹丝不动，大部分人看到的都是她的后背，不知道她面上的表情如何，能看到她表情的人却如同自己被批评一样低着头。课堂气氛在这一刻变得死寂，人们都巴望着她下一次不再化妆，可她依旧我行我素，于是就会有下一次的批评、下一次的死寂。批评她的以班主任为主，他教政治，同时兼做教务主任，另外还有数学老师和物理老师，也各自都有职务。化学老师保持沉默（也可以说她不在意），她是女的，而且她自身也化着妆，只不过她原本是跳舞的，会化，化得不像那女生那样明艳。

写到这有人问了，那没有校规吗？20世纪80年代化妆的人还不多，特别是中学生几乎没有，所以学校不会单为此列一条校规，并且压根也想不到，此外有没有校规还另说，毕竟时代不一样，况且这女生也确实属于特例。

她也是一个插班生，但她属于转学，高二时转来的，原因竟是她哥哥借了她父亲的钱还不起，她父亲让她哥哥来负担她余下的教育，这样她自然就是一位旁听生，将来高考要回她自己所在的省——吉林省。

当然这些张一葳并不知情，他只知道有一天铅笔盒里压了一张小纸条，上面写着：我喜欢你，你若也喜欢我，就在我回头时朝我笑笑。于是他看见了那张回头的脸，很漂亮，化着妆，然而他却并没有笑。

接下来发生的事要比这大许多，一天他进教室看到黑板上抄着一些字，内容是这样的：

你知道吗，我已留意你很久了，说倾心也可以，总之我很喜欢你。尽管你沉默寡言，但身上却有一种特殊的魅力，或许那就叫作深沉吧！

我经常会在你进教室的那一瞬间抬起眼来瞥你一下，估计你也不会注意到，否则你怎么会不瞅我一眼呢？另外我也经常自问我自己：是什么打动了我，是你的勤奋好学，是你的朴素刚毅，还是你的执着坚忍？说实话，我也说不好，可能都有吧。

我看人喜欢看一个人的眼神,你的眼神让人信任,同时也让我迷惑,我多么渴望接近你、了解你,却又不敢,我怕人说,也怕你拒绝,所以我很矛盾。
……

看到这里他意识到这是一封情书,可由于没有抬头,便不清楚是写给谁的,他隐约觉得有自己的影子,却又不敢确定,只是当看到别人读完频频回头望向自己时便有了几分确信,但他并未立刻行动,主要是他还搞不明白这究竟是怎么回事,此外他也懒理这无聊之举,认为是有人恶作剧罢了。他倒是脑子往那小纸条那儿联系了一下,却又随即否认,他不认可那女生竟如此大胆,况且这也太不尊重人了!

那女生稍晚些时候来,过了一会儿便发生了以下一幕:女生先是冲上讲台用黑板擦把那封信胡乱抹了一下,接着回到座位抱起一摞书扔到了中间一个男生的头上,继而厉声问道:

"我的日记呢?还给我!"

那男生像是很委屈,站起来争辩道:

"我又没拿你的日记!"

"还说没有,我的柜子都被撬了!"

"那也不是我。"

"不是你是谁,哪个不知道你成天拿把螺丝刀子撬来撬去?"

这下子,那男生立刻遭到了全班人的鄙视。

男生不再说话,却也并不说出日记本的下落,僵持之下,张一葳走上前去猛然一抬掌将男生推了一下,男生倒地连带着书本一阵稀里哗啦,那女生瞅着惊讶得瞪圆了眼睛。

男生爬起准备回打,张一葳一把擒住了他的手腕,逼视着不说话,男生见状向旁边一个人示意了一下,不久日记本便回到了那女生手里。

翌日,张一葳下晚自习回住地的路上遇到了两个人的伏击,当时小胡同里没有灯,他也没看清那两人长什么样,那两人打完人就跑了,没留下任何痕迹。不过他也不打算追究,毕竟这事总得有个结点,结点就在他这里。

他因伤休了三天,再去教室一眼就看到座位上多出了一瓶伤药,他坐下往前顾盼,正逢那女生回头,这一次他冲她笑了笑。

接下来,谁也说不清那女生什么时候不化妆了,清清纯纯的模样十分可爱,她也变得爱笑了,偶尔还会同她的同桌小打小闹。张一葳依旧深沉,他如今进教室时多了一道程序,这就是抬起头来看看有没有人瞥他,如有,他会弯一下嘴角。

这种默契和心照不宣持续了一段时间后,迎来了摸底考试，两人考得都不错，只是张一葳的够区外重点，那女生的介于区内本科和区外专科之间。

填报名资料那段时日最轻松，班级里都是找写字好的抄写评语，那女生成了她那一圈受欢迎的对象。张一葳自己写，仅需稍稍变换一下字体即可。报名表写完，交上，接下来就又进入紧张的复习阶段，但到了6月份，大家就有些松弛下来，这时候已经开始合影留念，因为一些旁听生，尤其是像那女生那样的，到了月底就要离开学校回到档案地。

班级的大合照，即毕业照，张一葳躲了，他觉得自己毕业过了一回，不应该再毕业第二回，由此他并未与那女生有过任何合影，不过这并不是重点，重点在于两人就像有约似的，一直在努力地向共同的那个目标靠近。

二　张一葳的大学生活

张一葳一考上大学就给那女生写了封信，到此，也该写出她的名字了，她和张一葳同姓，叫张一萍，瞧吧！和兄妹一样。

两人自此鸿雁传书，一个从南京理工大学，一个从吉林延边大学，张一葳只去过延大一次，那还是在临近毕业之际，去商讨毕业之后的事。之前，他把四年大学生活安排得满满的，他进了学生会，学了二胡，毕业前入了党，另外还利用假期去了延安，去了大邱庄。1987年，家里卖掉了那几匹马，又贷了一些款买了一辆四轮车，由此家里农活不再如过去那么忙，他也就有充分的时间锻炼自己。不要认为这没什么，这对于一个农家孩子来说相当不容易，而这又不是从经济方面来考量的，是从眼光来讲。农家子弟历来受眼界影响，不要说去实践了，就是想也绝少可能。张一葳一个人骑自行车去了天津，他在大邱庄待了一个月，走时拿了五百块钱的报酬。他去的这一年是1989年,大邱庄距离走上"神坛"还有两年时光,但已经蜚声一方了,他去做的工作就是写稿子搞宣传。

1989年暑假后再开学,步入大四的他停下来安安稳稳地学习,还剩几门专业课,他想趁着最后再拿一次奖学金。专业课的竞争相对激烈,它不像专业基础课那么容易绊倒人,好多人的补考正是基于此,而补考消不掉就会影响学位证的到手。学校规定,补考成绩达到八十五分方可消去补考记录,人们为了这一目标在得知自己需补考后,一个假期都过不好,所以都是开学前提前好多天到校复习,当然,最终能够得偿所愿的凤毛麟角,大部分人的成绩都是低于此分数线,仅仅保住了毕业证而已。因此会有一部分人在毕业之际拿不到那绿皮本,由此可知那时的大学教育真的很严格,人们也真的是在学,但"六十分万岁"也是那时喊出来的,因为确实很难,每一个人都不敢确保在某一门课上不会补考。

平时成绩是后来提出来的,可以说就是对学生的一种妥协。20世纪80年代,包括90年代初期,任何一门功课都是学生们硬生生地考,考多少分就是多少分,而且有时还是从题库里抽题,难度可想而知,考完心就悬在了嗓子眼,得知要补考,人立刻沮丧得矮了半截。张一葳补考过一次,他也只有那一次没拿到奖学金,后来努力消了,如今档案非常漂亮。说到奖学金，那时候没多少钱，请完同学后更剩不下几个，人们拿是为了荣誉，毕竟三十多人的班级仅有六人才能享受此殊荣。学生干部会占优，体育特长项也会加分，张一葳没有后一项，他的标枪项目尽管突出，但他不是运动员，所以不得分。

　　教专业课的大部分都是年轻老师，那时也没个硕士、博士要求，本科生就能教，而且教得一点都不差，并且由于年轻，和学生相处得就比较随意一些，而学生们毕业后联系最多的也是他们。张一葳有一位知交，给他的指导最多，但在有些方面竭力反对他的做法，例如坚决反对他大学谈恋爱，好在张一葳仅是通过书信，否则一定挨其骂，并且是当面。

　　学校是禁止大学期间谈恋爱的，不过并没有通过正式文件，只是经老师们口头，算不算形式上的谁也说不好，但真要到最后，又尽量照顾。典型的一例是上一届的，即八五届的一对，恋爱谈得轰轰烈烈，为此还闹出事来，学校因而给了处分，可临到毕业分配，下来某地区同一单位两个指标，学校又给了他们，结果搞得那女的痛哭流涕——感动嘛！

　　张一葳期末拿了个三等奖学金，请同学们吃了顿烤白薯就所剩无几了。此时有一个进京指标，原本是给班里一位运动员的，但此人马上就要参加研究生入学考试，轮到张一葳，他没有动心。大连重型机械厂的他也没有考虑。

转过年，即1990年，开始进行毕业设计，他选了几组题目中相对较难的，由此每天就如同粘在设计教室里一般。人们都在等着分配，也有自己联系的，还有的在等用人单位主动出击，其中有一些人希望回到家乡，而且可能性极高，张一葳却从来没想过。甘肃岷州黄金矿山公司有一个要人名额下来，他毫不犹豫地做了选择。对于去西部，大部分人不愿意，他却觉得像有使命似的，母亲得知，苦着脸说："跑那么远，为什么不回来？"在她的心目当中，岷州就连自家的所在地都不如。

实习是从4月份开始的，各个院系、各个专业陆续拉开。张一葳他们去的是上海，且是在4月下旬，走时南京都可以穿薄衬衫了，上海一早则还是毛衣，不过令人看不懂的是，女孩子们下身穿的全都是超短裙。张一葳的班主任是同济毕业的，所以他们也住在同济，很多人一个屋，上下铺，早晨起来看外面才知是向东。太阳亮晃晃地照进屋内，大家都以为很热，下去才知穿少了，特别是当走在桥上时，风一吹都能将人吹零散。后来人们就走到哪都带一件上衣，并且一定是厚实的。

他们一般一天参观两个地方，远点的则一天一个，那时上海还没有地铁，去哪都是乘公交，而公交的拥挤程度简直令人难以想象。至于吃饭，大家基本都是煎饼果子加酸奶解决，食堂有饭，但还得买餐券，人们嫌麻烦，另外时间也往往不对点；吃了一顿面条，还遭受了一次歧视，他们同人家要盐，服务人员脸色难看地给"怼"出了一大碗，众人以为这应该是标准的上海人，瞅谁都是"乡巴佬"，结果一问原来是湖南人。老吃煎饼，他们就时常想换换口味，但又不喜欢甜口，而上海的饭似乎都带甜味，于是他们想买点馒头。馒头倒是有，不大点，圆的，一咬里边带着馅——依旧还是甜的！

不参观的时候他们逛过几次街，就是南京路、大世界、淮海路以及黄浦江边。他们乘渡船过江去了一趟浦东，瞅了一眼立马返回，那时浦东还是一片寂寞与荒凉，距离国务院下达开发决策才刚刚几天，可以说什么也没有，然而谁能想到，十年后这里却发生了翻天覆地的变化，发展速度之快简直令人惊叹，但遗憾的是，他们这一群人却没有一个想过留下来参与建设。

毕业实习回来，又都埋头设计，说起来不可思议，这时候班里倒是忽然间暴露出几对情侣。或许是当初鉴于不太可能分到一起故而隐藏，如今见可能性大增，因为有用人单位都是好几个指标下达，所以才公开？但谁知道呢，反正是一时间成了新闻。

答辩那几天最庄严，四年所学在此一展，每个人都希望有个好成绩，每个人也都希望能好好表现，请来的评委都是各设计院的精英,还有一位厅长,由此可见重视程度。

毋庸置疑,即使最好的设计也都问题重重,距离实用差之远矣,没有网络可以查取较多真实案例,没有特别懂行的人提供技术支持和交流,只有设计手册和课本上那几个可怜的例子(还缺乏系统性)做参考,剩下就是靠指导老师了,而他们又清一色都是从学校直接毕业,缺乏实践经验,不过还是一位工厂的领导说得好,说刚毕业的大学生都是齿轮,需要在实践岗位中经磨合后才能更好地发挥效能,所以目前他们所要做的就是理论过关。

张一葳答辩时十分谦逊,懂的细心阐述,不懂的虚心聆听,面对讲台下那么多双眼睛,他从未感到自己这般渺小过,而黑板上挂的一张张图纸又尤其使他觉得如此。

评委们问的问题有难有易,有图纸上的,有设计书上的,也有两者都不是的,而是专业常识,但也基本限于概念或算法,因此答辩下来几乎都能过关,再结合图纸、计算、方法,特别是想法,就有高低分之差;不过关的经修改也能过关,只不过分数只能停留在六十分上。这里强调的是,毕业设计没人马虎对待,更没人应付了事,之所以出现低分纯是因计算失误和临场发挥的问题,每个人都是倾尽全力认真设计,而这样做又纯是出于一以贯之的习惯,更是荣誉和自尊心使然。

往档案袋里装设计图纸又是慎而又慎的,生怕折了角,

又怕图线磨模糊了,有人用硫酸纸画还好,用铅笔绘的则一律轻叠轻翻,仿佛图纸长角,一不小心就能弄掉似的。

　　之后就是等毕业证、学位证、派遣证,拿到后就等于吹响了出发的号角。有人要去报到,有人先要回家,于是宿舍里今天走一个明天走一个。送站的场面不忍卒看,一次分离也许就是一辈子,有人哭着追火车跑,一时间流传的全都是此类消息,而消息的来源一定是站台工作人员。

三　张明福离开农村

　　1995年春张明福离开农村，一开始他在县城打工，依旧是扛大包，住则租住在三完小附近，为了方便孩子上学。此时他的儿子九岁，上小学二年级，生得聪明伶俐，父母视他如掌上明珠。

　　张明福早出晚归，妻子照料家里，中午给他送一顿饭。车站的站房里聚集了很多他们这样的人，由车站统一管理、统一派工，而所派之物多是经长途运来的货物。也有站外的，但那差不多都是运走的，当需要人手帮着装车时就来他们这里找。来的货物以布匹为主，南边有条商品街，卖布的占一半，他们负责帮进货的人扛。说起来这些进货的，他们都是随班车走，货物自然也如此，因为这样进货便宜，而且放心。

　　到了冬天就主要是卸煤了，大块的多，粉末的少，人们烧煤炉用。一车煤几分钟卸完不是神话，都是为了挣钱，卸得越多当然挣得也越多。张明福体格魁梧，又有力气，通常在卸煤者里属挣得最多的人，但就是人越来越瘦。倒也没什么内在的毛病，能吃能喝，妻子送来的饭总是被他一扫而光。

他的妻子来是一道风景，冬天扎一条红围巾，夏天穿一件红布衫，婀婀娜娜的，一进车站后院的大门，就立刻引来了无数双眼睛。与此同时，人们也全都不说话了，视线只随着她的身影移动而移动。张明福明白那是因羡慕，而他的妻子在这样的目光追随之下也总是羞答答的，样子就显得更好看了。

她嫁给他已经十一年了，却依然表现得像新娘，张明福也乐意瞅她这样，每每都觉得心里甜丝丝的。

妻子手巧，也做得精心，简简单单的几样菜很能做出花样，而且味道还喷香，引得众人每次都提鼻子在那嗅。有时若有荤腥，她也会多送一盒，给其他人尝尝，只不过向来都不是她招呼，而是张明福，她呢，站在一旁，也不说话，见众人哄抢，只微微一乐。

这样的日子过得倒也安宁，只是随着时间的推移，张明福忽然感觉腰出了问题，先是疼，之后影响到腿，等到连走路都走不了多远时，他去了医院。医生的诊断是他患了腰椎间盘突出，而突出又压迫神经，主要是坐骨神经，导致他走不远路。不过也不是什么大病，牵引加中医针灸，又躺了一段时日也就没什么大碍了，唯一让他注意的是，再干活就不敢太使力气了，扛东西无论多轻多重他都是先蹲下，而不是先弯腰。

但不管如何，他还是意识到身体已经不允许他再干苦力活了，然而在县城里想找个轻巧活谈何容易？做生意一来没有本钱，二来他也不感兴趣。他讨厌在金钱上和人们讨价还价，另外他骨子里认定做生意的都是些狡诈之徒，即使不狡诈也会变狡诈。

如此就得另找出路，而眼下则一片茫然。

真是"福无双至祸不单行"，腰刚好不久，腿又生了毛病，早年骨折过的那条腿竟然长出了骨刺！疼当然疼了，好在不用手术，医生给开了瓶药，回家养着了。

这期间他开始变得颓丧，寂寞感也随之而来，等到妻子提出想摆摊卖花生米时，他的心就如针扎一般。他自然是不同意了，他无论如何也想不出大街上那些卖花生米的怎么会把价格定得比批发价都低，这里边除了在秤上做文章还会在哪里？妻子说他们合伙批发，量大就便宜，他不相信。

干不了活养不了家，对于一个大男人来说于尊严上有损失，纵使是短暂的，张明福也深感愧疚。暗夜里他睁着眼想心事，并且一想就是一夜。他从未如此孤独过，即使当年在草原上采发菜躺在套子里也比不上如今这般,恰在这时,张一葳回来,路经他这里,专门停留了一夜。如今老家只剩母亲和老大了,而这一年已经是 1997 年,张明福嘱咐他不要将自己的境遇告知他们,张一葳答应,返回时他力劝他跟他走。

张明福想都没想就拒绝了,他不愿意去外省,觉得是背井离乡。他还问张一葳在单位受不受气,令张一葳一时听得十分诧异。小花是在张一葳大学毕业后第二年随着他去了岷州,并且嫁给了郊区的一户人家。那家人家种地,儿子却娇生惯养,当初图的是他家的家境殷实,却不想两人感情并不好,现今孩子才一岁,就已经在闹离婚了,当然,离婚是由男方家提出的,但看上去小花自己却无所谓,似乎早已立下了志向,扎下了根,且能狠狠地打拼一番。

所以张一葳并不发愁小花,他愁的是他的三哥,当年那个为了他上学拼尽全力、最终影响到母亲的人。他想帮他,他想报恩,况且他也有了一些能力,奈何三哥却并不给他这个机会,可他又不能强迫他,最终他只得怏怏地离开。但越是这样,他心里那颗想要报恩的种子就越是要生根发芽,其实毫不夸张地说,已经生根发芽,只待有朝一日枝繁叶茂,攀附一切可能。

张明福看着张一葳无奈的样,心里并无多少歉意,事实上他当年都反对小花跟他去,只是小花自己坚决,别人也不好硬性阻拦,而这其中是否有她躲避她亲生父母的缘由,也不得而知,只是她死活都不去省城,让人们心里由不得要往那处联想。

张明福没什么好躲的,去省城他又不是没想过,只不过还在犹豫当中,毕竟再一走就不是百里之遥,而是四五百里之远,一年能回一次家就是好的,像张明亮就只回过一次。想起了张明亮,他摇了摇头,觉得那年他去广州卖发菜将钱都花了确实不对,但他又羡慕他,离开村子离开得那么毅然决然,听说他如今过得不错,两个儿女尽管还小,学习成绩却拔尖。这当然是好事情了,如果将来都能考上大学,就可以圆他父亲的梦,而且是双倍的。唉,他已经有几年没当着他的面称呼他"二哥"了,上次喊他还是在老五的葬礼上。说起老五,他早早地就躺在了地下,母亲为此而不肯离开村子去几个子女家哪怕住上一日,她说她走了就没人给老五清理墓地了。大哥这几年老和她闹意见,她一赌气也说要投奔几个儿女,可临到头每次都仅是说说嘴而已,说到底她还是放心不下家中的一切。

他两年前离开村子也是下了好大的决心,他倒不是担心母亲和大哥,母亲身体很好,大哥能种地、能挑水、能打粮的,况且他走了后只剩他两人的地怎么也好侍弄,他担心的是他自个儿,不知如何在城市里生存。他对县城熟悉,便先到了县城,可眼下这县城里也待不下去了,他的身体

不容许啊!

六弟的建议他一点都没动心,他只想待在自己的省里,这样就不会有那种离乡感了,因此他第一次开始考虑是否应该去省城。

让他下决心的是一件小事,儿子上学时屁股让摁钉钉了一下。事出一次体育课结束,儿子兴冲冲地跑回教室,谁知屁股刚一落在板凳上便立刻跳起,随后他就从上面抠下了一枚摁钉,抠下时,钉尖上还带着血呢!儿子放学回来后,哼哼唧唧地叙述这些,有生以来,张明福第一次觉得自己的教育错了——儿子有些懦弱。是啊,打小他就不让其与人争执,更不允许打架,儿子若伸出拳头来,他一定喝回去,一来二去,儿子便变得十分乖顺,如此倒是不给他惹事,可他也渐渐地觉出问题来。这次摁钉事件很明显是有人欺负儿子,儿子在那里哼哼,他心里就特别内疚。之前也有过类似事件,但那几次儿子都很大度地说没事,唯有这次,儿子说是几个孩子联合起来整他。

可他也不能去找老师,毕竟在他眼里他认为这也依旧算不上什么大事,小孩子们顽劣,他通常都能容忍,何况儿子也不让他找。不过这也直接刺激了他,他许诺儿子等再一开学他们就走,到省城里,那里有他四叔,他四叔是一所中学的老师,他会想办法为他安置学校的。结果被安排进了一所郊区学校,那里有很多打工者子弟,教学质量一般，他儿子在里边属于学习好的，由此他和妻子对他寄予了厚望。

张明福到了省城起先站桥头，干泥瓦工的活，妻子则在大棚里打零工，或是摘蘑菇，或是采木耳，后来又固定了学校里一份打扫卫生的活计。几年下来，两人攒了一些钱，加上积蓄，加上借，张明福买了一辆二手汽车跑运输。他不跑长途，只在钢铁公司附近揽活，拉的都是钢材，一天也能揽那么几单。

2003年，他花了几万块钱在比郊区稍远的地方买下了一处院落，院子不大，但足够他们三口人居住，有一间正房，有一间偏房，院里有压水井，还有一片空地可供种植东西。他们什么也没种，只在夏天拢了几垄葱，另外也养了几只鸡，用栅子拦着。

他的汽车就停在院外，此时他也不用再像过去那样天天出车去等着，而是人们打电话来，有活他就去，没活他就在家闲着。妻子每日按时按点去学校，骑着她的电动车，下班回来捎把菜，一做晚饭，一天就这样过去了。有时他也做，但多数时候他不在家。

儿子已上大学一年级，学建筑，是他们夫妻俩的骄傲，所以截至目前，日子过得也算尚可，要说不合意之处就在于周围的环境卫生，垃圾山一般地堆在大门口外，冬季冻个大坨，上面什么都有，馒头、纸巾、塑料袋、动物死尸，应有尽有；夏季则污水横流，臭气熏天，既令人不能下脚，也令人不得不掩鼻，就那也总有不知是流浪狗还是家养狗在那嗅来嗅去。再有就是上厕所的问题。厕所不是没有，而是距离太远，人们往往来不及往那里奔跑，另外也脏得吓人，谁进去谁皱眉，于是周围的田地变成了人们的好去处，如此地头边到处都是粪便，若是有人经过，立刻就会对这块地方起坏印象。

　　但好歹能安下一个家，张明福夫妻俩关起门来也感觉相当满意。他俩也考虑过买处楼房，却也仅限于想一想，不敢实施，因为一来没那么多钱，二来儿子上大学正是用钱当口，不能在这时候手里不留余钱。有人说铁路边有集体产权的房子，也有人去看过，回来说价钱倒也公道，只可惜只剩下些六楼。晚上张明福和妻子躺在炕上聊天，张明福对妻子说道："咱可不能买六楼，我还想把妈接来养老呢！"黑暗中，妻子沉默着没搭话。

四　张辉的职业生涯

　　张辉在 1995 年结束了他不稳定的职业生涯，正式调入省五中继续当他的物理老师。刚分配前几年，他还是很稳定的，矿区效益好，工资也十分有保障，只是随着资源逐渐枯竭，他的工作看似没那么乐观了，但也不至于一下子就丢了饭碗。矿区人员分流始于 1990 年，不过那时主要采取退休形式，只有年龄大的或稍大的人走，中年人以及中年以下的都还在，因此他们的子女也就在，学校便得以继续保留，但谁都清楚保留不了太久。

　　彼时张辉有了儿子，过年回家时，他一脸愁云。妻子也是同一所学校的，愁便变成了双份。有孩子要养，有漫长的路要走，而他们的事业才刚刚开头就要遭遇哑火。有人已经开始办理停薪留职，他和妻子则只想调走。调哪呢？不知道。他们见人就问，逢在车上遇到从外地回来的人便打听,最后打听到了一个地方,山东淄博周村的一个王村镇,那里要人。两人回来合计,尽管不是十分情愿,什么又是村又是镇的,可张辉还是赶在暑假前的最后一个星期赶往山东实地探查。没有直达的火车,他在济南换车,正值最热时,去往淄博的火车又在另一个站,他出站向人询问,一个坐在石头上的大爷这样回答他:"俺知不道。"他费了好大神才搞明白老大爷不是戏弄他,但也对于这个话被颠倒着说百般地不理解,"不知道"就"不知道",为何要"知不道"?然而更要命的是当地那种热,简直忍受不了,他用一块湿毛巾不停地擦汗,汗还是直冒。那一刻他有些后悔来到这里,但既然来了,怎么也得完成任务才行,妻子还在家等他的信呢!

他夹在人堆里乘公交从他下车的站赶往他要上车的站,一路上向售票员询问这两个站的区别,同时感叹济南之大。到了,他正赶上一趟前往淄博的火车。上了车不像他来时那般挤了,然而很快他就闻到一股奇怪的味道,既香又臭。他环顾四周,发现一位中年妇女正扒开一只塑料袋一会儿拿出一根带绿叶的东西放在嘴里嚼着吃掉,一会儿拿出一根嚼着吃掉,而且看那样子很享受,同时那东西像是很珍贵。后来他知道那是香椿,而那是他第一次见。

到了淄博,可巧赶上刚刚下过一场雨,天不再那么热了,他便又觉得来对了。

当天他没有急着往周村赶,他要停下来具体搞搞清楚这几个地名之间的关系,住旅店时店家告诉他周村属于淄博,而王村又属于周村。这种隶属关系令他想到王村应该是个乡镇,这使得他很气馁,但来时听说有好多师范毕业生都往这边跑,他又觉得很好奇。

第二天太阳一出天就似蒸笼,他在西边一处大广场上等车,有直接开往王村的,但他先得去周村开介绍信,他明白这套流程,否则就得白跑。往周村走的车早就停在那了,是一辆公交车,此刻车上也有了人,并且已经没座,可就是久久不开,他站在门口处身上全是汗,几次下车去透气,也几次忙着往车上跳以为车要开。终于,等人装得差不多时,车出发了!

到了周村几近中午,他去区政府说明来意从组织部那里开了一封介绍信,然后出来准备去王村中学。还有二十多公里的路,日头正毒,他站在路口东张西望想要辨明方向。一个骑人力三轮的过来问他要去哪,他回答说王村中学。那人声称王村中学太远,不过可以将他送到最近的车站。他犹豫,不是他不想乘,而是他看出那人是个残疾人,一只脚压根踏不实脚蹬。起初他纠结,不忍心让一个残疾人推着自己走,确实,那种车的座就在前边,就像是被推着,后来他想通了,这人就是吃这碗饭的,自己不乘他的车,他就少挣一份钱。

路上时常有上坡，那人蹬不动时就站起来蹬，听着他呼呼喘气的声音，张辉再次于心不忍，也就是在这种情形下，他忽然改变了主意，决定不去了，而是要返回淄博。如此那人就说他最好站在公路上拦车，那里车多点。公路旁有一块空地，像港湾一样向后延展，张辉到时看见湾里聚着一些人。他多给了三轮车夫十块钱作为感谢，而他也看出三轮车夫真的很感激。

回程他没有再中转济南，而是中转北京，到天安门广场溜了一圈，后在车站吃了一碗青瓜肉丝面，便登上了回家乡的火车。回来他就同别人一样办了停薪留职，开始做起了生意，头三年，他与人合挖沙子，挣了些钱，后两年他嫌不体面改为做贸易，结果被骗，正在感觉前路茫茫时，好消息传来，省城的许多中学破天荒第一次从下边大量招聘教师，因此他同妻子很容易地调入了现在的中学。

刚到省城，两人没有房，学校给安排了一间旧资料室临时住，几年后两人买了一套小房，又过了几年，换成了大房。到此，生活就算很美满，不料他却患上了精神方面的疾病。他睡不着觉，整日里胡思乱想，头疼得厉害，而且出现了幻听。人们不明白是什么刺激了他，想来想去只有一件事，那就是买车。

买车家人是反对的，因为校长还没有，你倒先买一辆，而且是全校的第一辆，让人们怎样议论？可他还是固执地买了,并且一买来,第一天就开进了学校。同事们都围了上来,东瞧西瞅,尽管是辆捷达,可论经济也不是谁都能买得起。人们纷纷感叹张辉这小子哪来的钱,有人心里不免酸了起来,结果事情果真如他妻子所料,不久便有风言风语传来,论调一致:"校长还没一辆,他嘚瑟个啥?"其实校长才没那么胸襟狭隘呢!

同事们背后议论,妻子借话说话,埋怨他太自我,不懂得世事人心,他一听就急了,自己也曾在社会上闯荡了几年,怎么就会不懂呢?妻子旧话重提,把他做生意被骗的事重提了一遍,这下子可好,他一生气放水淹了自家的地板。这是他有生以来做得最出格的一次,也是唯一出格的一次,事后他相当后悔,但就是不道歉,之后便出现了上面描述的症状。

精神病的说法由此而来,他自己也不辩驳,只有他自个明白究竟是怎么回事。原来他爱上了一个女人,此人姑且称之为他的前女友吧,那时他不爱她,嫌她个子矮,人胖,像个球,都是女的主动往他这里靠,他从不用心。他不直接拒绝的原因是他当时想留校,而女的的哥哥是校教导主任,他怕因此生事,后来他也是实在受不了天天被关心、被黏着,自己放弃了留校的资格,如此恋情也就自动解除了。

如今他后悔了!上个月他见了她一次,女的随着她的丈夫来省城办事,几个昔日校友聚在一起吃饭。席间他不时地瞅她，因为她同先前大不同，再也不胖了，而且皮肤白皙，一颦一笑相当有风度，一看就过得很滋润，且也过着一种文化人的生活。

那是当然了，她的丈夫即他的竞争对手，他不留校人家留校，后来参加市里选调，一步一步升迁升到副市长的职位，如今主管文化和教育，自是会影响到家里、影响到她本人，何况她还自称修了一个文学硕士。

对比之下，他忽然就发觉自己退步了，从毕业起他就没看过一本书，说起阿来的《尘埃落定》他不知道，说起卢梭的《爱弥儿》他更不知道，不过这倒没有使他自惭形秽，使他受不了和在意的是女的始终对他十分冷淡，仿佛在报当年的仇似的。但越是这样，他越是认为她魅力难挡，回家后三天两头梦到她，梦见她冲他笑、与他并肩行走，有时还伸出手来摸摸他的脸。

这不要命嘛，就是当初他也没允许她这样过，可而今他却渴望这般。他知道自己不应该，却又陷入其中，想找个人倾诉，但这种事又岂能说得出口，闷在心里便闷得他像是有了病。

好在他是个理智之人，一段时间后去了医院，医生给出的诊断结论是：他患了焦虑症。开了点平抑精神的药物，又适当地进行了一些心理疏导，几个月之后他康复了。

再说学校对他的关怀，在治疗期间为他减了课，还尽量不让人打扰他,以便给他清净,他呢,也对得起这份关怀,心怀感恩,在身体复原之后愈加专心致志地对待他的工作,至于他犯下的这段所谓的"错误",他在心里是这样安慰自己的,孔老夫子说过:发乎情,止乎礼!

五　张一葳事业腾达

2003年张一葳登上了事业的顶峰，任了公司副总。之前公司一直处于不断的整合中，他也随着在这在那工作。从矿山调回是1993年，那时正好成立集团公司，他回来在集团办公室做普通员工，一年后公司又改为股份制公司，他升了秘书，之后任办公室副主任，再到公司经营部经理直至公司副总。这一段路程共花了他十年时间，而在这十年中又有五年他是在服务公司度过的，但正是这五年为他奠定了在公司的地位，他将一座百货大楼起死回生并且成功剥离。

他的能力在这场拯救中得到了充分的展示和发挥，而这又与妻子张一萍的帮助和支持有着莫大的关系。说起张一萍来，我们再退回到他们毕业后不久，张一葳刚一站住脚就想办法将她调了过来，他懂得在婚姻中找一个欣赏自己的人的重要性——那封信就是明证，然而当他有一次开玩笑问起她那些词儿都是如何弄出来时，张一萍却笑着说是抄来的，再问铅笔盒那一张纸条，张一萍则一脸懵懂。看来当初有人故意戏耍他俩，张一葳为此心不由得一抽搐，不过那已是陈年往事，查证起来毫无意义，所以他只当一笑话一笑而过。

张一萍刚被调来矿区时还兴奋了那么一阵子，很快便沉闷了，工作单调又清闲，这对于她这样的人来说无异于谋杀生命，但她很会利用这种清闲，考了一个律师资格出来，之后辞掉工作，与一帮志同道合的人成立了一家律师事务所干她的律师去了。这一年是1995年，她要比张一葳晚离开矿区，这是她自己要求的，为的是早日将律师资格证书考出来，张一葳也随她，自己过了两年"单身"生活。其间都是他往矿区跑，张一萍依旧住在矿上过去分给他俩的宿舍里，里边的大铁柜还顺墙摆着，告诉他那是两人参加集体婚礼的"礼物"，还有一套锅灶、一套厨房用具、一箱子盘碗，也正被继续使用着。不要小看这些物什，可是帮了两人大忙，结婚时他俩什么都没有，连被子都是别人给缝的，张一葳给母亲拍了封电报，通知她这一天吃点好的，过年回家时自己从兜里掏出一千块钱递到母亲手里，然后让她给张一萍，作为给新媳妇的见面礼。

穷人家的孩子肯努力，张一葳身上又具有其他优点，脑子灵活，心细，胆大，不畏手畏脚，因此很快他就在同年龄人中脱颖而出。他去百货大楼是毛遂自荐，公司也接受了他的请求，面对销售额不佳的窘况，说实在的，也没人愿意冒风险，何况整个商业环境都不行，不卖掉也全因那是公司的三产。

他那年三十二岁，显得比真实年龄要成熟得多，他一去就给员工打气，然后一边派人外出参观学习，一边逐一亲自走访各个柜台，听取员工心声，采纳他们的合理化建议，之后首先裁撤掉了布匹区，接着是钟表、自行车、老年服装，最后是毛绒玩具区。去掉这一块阻力最大，因为它的销售尚可，但张一葳当着他们的面拆开一个，里边的劣质棉花团立马暴露了出来，当然可以上高档的，可人们的消费能力又不具备，所以在这种情况下，宁愿选择放弃，况且它们还鼓鼓囊囊地占地方。

张一葳做的另一件事是严禁服装区里三层外三层地堆货，瞅着同外面的批发市场一样，而是要求尽量疏朗，给人以空间大的感觉，同时不过分地往墙上挂衣服，让人在里边显得渺小。这是服装，鞋则一律能让顾客的手摸得着，而不是顾客在柜台外隔着玻璃，让营业员拿哪双就拿哪双。营业员担心这样会被顺手牵羊，张一葳听后斩钉截铁地说："怕被偷，就别做生意！"

他还打电话请教了二哥张明亮关于开放式柜台的一些

经验,并最先开放了化妆品柜台,且增加了体验区。

等这一番操作结束后,他召集外出归来已有一段时日的人以及其余骨干员工连着开了三天讨论会,之后决定新添几个销售项目,包括婚装区、皮靴区、进口化妆品区以及高档内衣区,并且所有销售区,包含原有的统统往后让两步,留出足够多的空间区域给顾客,特别是靠近楼梯口的,更是不得让顾客一上楼梯眼睛就受到限制,得给他们环视的机会,以便让他们自主选择该往哪走,从而增加购物的愉悦性。

事实上大楼的设计相当超前,中空,顶又是玻璃顶,比80年代建造的其他售货大楼不知要好多少,如今让出两步更显得大楼有了现代化气派。

张一葳还做了一件令人惊讶的事情,他站在马路对面另一家百货大楼的门口,向进出大楼的人询问为何不去一路之隔的黄金公司的大楼,得到的回答有一条是他先前没太重视的,而今他又觉得非同小可,那就是黄金公司的售货大楼进去有些闷,而且热。这就是通风和空调的事了,他立刻差人找来图纸,又请了两位高等院校的老师来,让其对着图纸进行实地勘测和数据测量,经一番校验和比对,两位老师给出的结论是新风量不够、各路机组设备选型偏小。于是立刻实施改造,在不改变风管主线路和设备的基础上,添加了新排风换气机组,又在各角落单独设置了排气口，以配合过渡季节使用，同时将棚顶普通玻璃改为隔热玻璃，并一并开设了天窗，而天窗的开度则依季节进行调节。一同施行的还有照明线路改造，将所有灯具散发出的热都挡在了天花板里，且采用节能灯具和增大照明度。改造后的大楼内部焕然一新，顾客进去后舒适度远非过去可比，人多了，营业额翻番，稳定了两年之后赶上国家提倡"企业退出办社会"，他又为打这一场硬仗而全身心投入。难度自然比当初拯救大楼还要大，主要是职工们担心脱离后后续饭碗的问题，害怕失业。

决策当然在公司，但他的意见具有相当的分量，他要为职工争取最大的保障。最终的方案是职工持股，并实现上市。上市不那么容易，但公司下属房地产公司最有希望，而房地产行业也正属朝阳产业，所以最终两家合一家，成立后勤服务公司，从而得以顺利剥离。

两项功绩让他无可置辩地成了公司副总人选，再一决议他便被成功任命。这一年他三十七岁，正是年富力强和富有韧劲时，他接着就为公司打了一场跨国官司。官司持续了整整一年半，耗得好多人都心灰意冷失去耐心，最终就连张一萍也认定胜诉的可能性渺茫，只有他还在坚持。最后一场他披着国旗去了，悲壮程度可想而知，孰料官司却胜了！

六　小花一心一意养猪

"啰啰啰啰……"这就是小花每天的活,她成了一名养猪倌。与前夫利利索索离婚后,她又嫁了一家,这一次她选的丈夫又走了一个极端,闷吃闷喝闷干活,人胖得足有两百斤重,两个脸蛋赤红让人怀疑他有心脏病。张一葳表示反对,小花不以为意,一句"这是我个人的事"将张一葳顶得再无下话。很难想象当初温柔乖顺的小花如今谁的话也听不进去,这其实就是一个人的变化,何况女人向来在婚恋问题上都特别有自己的主张。

养猪是小花提出来的,丈夫遵从照办,事实上决策也是对的,就是太辛苦,他每晚开四轮车去城里拉趟泔水,回来都半夜了,而她则照应着猪圈,白天同丈夫一起喂食。猪圈就建在自家田地里头,一年一年随着猪的数量增加而不断扩建。

忙着养猪就照顾不了家里,四岁的儿子整天拖个大鼻涕在院子里和狗玩,狗摔倒了,他也摔倒了,然后滚在一起。这是她和现任丈夫所生,原来的孩子前夫家不给她,她也为走得利落没有太争取。如今的儿子本来是委托给现任婆婆照顾的,可婆婆因患腰椎结核连自己都顾及不了哪能顾及他,所以儿子就像野猴子一样到处乱窜,等稍稍长大一点更是满村子溜达。她带到养猪场,他不仅待不住,而且祸害猪,气得她一股劲儿把他送回家锁起来,之后婆婆又把他放出来。此时的婆婆经过治疗已经可以下炕慢慢行走,孙子央求她,她岂有不答应之理,况且倘若不放他出来,他就在里边捣乱,有一次竟然把电视机都搬倒了。

小花的丈夫教育孩子的方式就是狠揍,除此再无其他策略,孩子怕他,却也禁不住仍旧顽劣,有一回伙同另外一个孩子把一户人家的吃水井给填了,害得两家大人在那整整掏了一天,回来自然又是一顿痛揍。

后来她儿子不破坏性地瞎胡闹后,便经常做一些令人提心吊胆的事,不是从树上掉下来就是在哪里卡住,一次,没影了一下午直到天黑还没回来,小花和丈夫打着手电找,当走到一处枯井处时才听到里边有弱弱的应答声:"妈妈,我在这儿!"

第一次，小花的丈夫希望小花专职回家带孩子，小花拒绝。她知道丈夫一个人忙不过来，另外她也热爱，清楚个人的价值就在猪身上。她养猪可谓是一心一意，别人都在忙着论拆迁、论占地，她则埋着头只管养她的猪。

付出一定有收获，尽管猪价起起伏伏，有一年猪圈还失了火，她家还是比那些种菜的人收益多。

2005年她扩大生产，请了两个人，同时婆婆病愈，帮着她照看孩子，而孩子又上了学，省事不少，如此她雄心勃勃地预备大干一番，谁料猪却死了一大半。

处理完，停歇了一段时间，她决定再干。这一次她把猪分成小栏养，每一栏仅有五头猪，且在原食槽里都另衬了一个铝槽，喂完即立刻取出用清水冲洗干净；圈舍打扫得比原先要勤，并定期消毒；防疫也做在先，另外她把原先在家中养鸡防病的经验也应用到了养猪上，一定时间就喂食一些胡萝卜；食料她也做了改变，而这也全因丈夫的一场病，丈夫长期持续性劳累让他患上了心肌炎，住院和休养期间他不能再去拉泔水，可单纯喂饲料成本太高，她于是想到了家乡一些人喂猪的方法，借鉴过来之后，她将玉米秆喷成细末，用清水发酵后加入豆粕、玉米渣，有时也收集一些蔬菜边叶剁进去，当然饲料她也喂，为的是确保营养；最后，她修了化粪池，卫生环境得以大大改善。

到此张一葳不得不叹服人家,有一回他在同亲戚们聊起她的养猪场时,满心夸赞地说道:"嗯,你别看人家没上过学,可能耐着呢!"

第二部分

/发菜
facai

一　张明福失去儿子

2007年初春的一天，一大早天空就灰蒙蒙的，像是又要下雪。前几天才刚刚下过一场，路上的积雪还没有完全融化掉，如今又要下，见状，张明福的妻子不由得一皱眉。她最怕下雪，结了冰她骑着电动单车难免要在路上摔跤，另外学校楼道中也老是有踩下的雪印、泥印，看上去非常不美观。

她已经在这所学校工作了近八年了，对学校也有着别样的感情，尽管仅是一个打扫卫生的，可她的负责任态度一点也不输那些老师们，她会把地拖得照见人影，把垃圾桶清理得干干净净，平台、教室门、墙壁、栏杆，她更是擦拭得纤尘不染。

她珍视她的工作，也热爱她的工作，感觉为老师和孩子们服务无比光荣，所以她每天都去得很早也很积极。然而这一天，有史以来第一次，她有点惰怠，想留在家里。其实是她心神不定，总感觉要发生什么事似的，可又不知道事情的源头在哪里，她扭头瞅了瞅张明福，他还在被子里睡大觉，九点有一单货，他认为现在起来太早。一家人不吃早饭习惯了，都是上午胡乱带点饼或馒头之类的，等到中午正式吃饭。她想把他摇醒来说点什么，却又不知该说哪些，于是穿好外套，戴上帽子，裹好围巾出了门。

推车出大门时雪还没有下，关门时她下意识地往正屋房顶上望了望，上面正矗立着几堵砖墙，红皑皑的，连墙皮都没有。由于疯传这一片要拆迁，家家都以这样的方式"种房子"，以期能在拆迁时多得到点补偿。墙立了已经有两年了，也不见有任何拆迁的动向，有时她嫌影响观瞻，就对张明福说："要不拆了吧！"张明福回答说："再等等！"

这一等也不知猴年马月，前面邻居家盖的"房子"挡住了她家半院子的光，搞得院子里老是冷风飕飕，可她又不能去说，她不能由此挡了人家的发财路，再者说了，她自己家的房子不也挡了后面人家的？想到此，她叹了一口气，随后便显得十分惆怅。

走在路上，雪飘了来，打在她的脸上，她多少有些睁不开眼。她骑得很慢，也很小心翼翼。前几天下的雪冻的硬棱还在，如今被新雪一覆盖，路变得更加危险重重，其实再下得厚点也倒好，就是在此刻这样的情形下让人提心吊胆，生怕摔一大跤。

郊区的道路不似城市道路那样维护得好，何况她走的还是乡间小路。到了，她发现今天校长在门口迎候学生，而她比以往足足迟到了十五分钟。她红着脸从校长面前经过，校长则一如既往谦恭地向她问好。

一上午，她干活的效率不是特别高，到了中午，雪还在继续下。学校食堂开饭，打饭的老师和各班值日生走出来一路议论着这雪，禁不住玩心也会玩几下雪。他们几个最后开饭，这其中包括负责厕所与院落卫生的老李和与她一样清扫楼道的另一位女性。教学楼总共四层，学生八百多号，院子有四分之一足球场大，他们三个忙得过来。

吃罢饭，她坐着休息，没有参与另两个人的谈话。下午雪停了，学校开始铲雪，这时候她接到张明福的电话，说儿子出事了，从脚手架上掉了下来。她慌得连假也没请，只匆匆同"另一位女性"打了声招呼便奔出了楼，其时她的腿已经有点麻木。到了校门口，正遇张明福开车在外等着，她这才想起电动车还在后面车棚里呢。张明福不让她回去取，而是直接开车拉着她回了家。路上她问究竟是怎么回事，张明福回答说他也搞不清楚，只听张一葳说从脚手架上掉了下来，让他俩今天乘车去岷州。

回家两人裹了点东西就走，刚刚下过一场雪，出租车一点都不好打，最终两人乘着一辆带篷三轮车去了车站。

车站很远，若不是着急，他俩才不会想着这种走法呢，乘公交三块，打车一百，选哪个，自然清楚。

到站正好有趟车预备发出，没有坐票，两人买了站票，熬了一宿到了岷州车站一看来接站的张一葳的脸，他们就明白儿子不在了。两人的心当即就空了，瞬间连哭都不会了。下午在殡仪馆见到儿子的尸体，张明福的妻子放声大哭，旋即就晕了过去。

过年时儿子还活蹦乱跳的，还幻想着有朝一日成为一名优秀的建筑师，怎么眨眼间就离开人世了呢？

儿子来岷州是为了毕业实习，学校不安排让自己联系实习单位，他第一想到的就是他的六叔，也只有他六叔能帮他这个忙。他打电话，他们夫妻俩还挺高兴，毕竟这对于张一葳来说不是什么难事，而张一葳也一口答应，谁料短短两月不到，呈现在他们眼前的竟是如此情形！

张一葳简略地解释说，本来是不安排他户外工作的，是他自己要求，就在昨天的一早，正当上工时，他一脚踏空，从脚手架上掉了下来。

隔天在殡仪馆举行告别仪式时，张明福的妻子再次昏厥，醒来她就喃喃地只有一句话，这就是："小众啊，妈妈再也见不到你了啊！"张明福则脸白如纸。

他俩自来就住在张一葳家里，张一萍的父亲因患老年痴呆被张一萍接来养老，他坐在一张轮椅里由一位保姆伺候。

对于新住进来的两人他搞不懂他们为何总是凄凄哀哀的，特别是那女的就没见站立过，一直躺着，并且还哭，就是半夜也哭。他留着一汪口水用手指头指着张明福的妻子口齿不清地想要让保姆告诉他究竟怎么回事，保姆告诉说："她肚子疼。"然而转眼当张明福他们离开后，她就大声改口道："她死了儿子！"

这样的问和答反复进行，有一回被张一萍听到，她对保姆表达了不满，保姆却委屈地申辩说她说的是事实。

确实是事实，张明福的儿子再也回不来了！小花怀着身孕过来陪嫂子，眼见着她神情恍惚，她心里十分难过。她和三嫂可谓是感情最深，三嫂嫁到她家时她十二岁，她至今还记得她撒到盆里的那一把钢镚。如今她眼看要再次当妈妈了，三嫂却失去了她唯一的孩子。

小众来时小花见过他一次，那是他长大后她头一次见，长得白白净净的，一副书生模样。她当时还开玩笑说让他毕业后留在岷州，而侄子也开玩笑地答应："好啊！"谁承想就连玩笑变现实的机会都没有！

她所能做的就是听嫂子讲小众小时候的事，这是她们共同见证过的，她有时还帮着她回忆。

"我记得小众三岁时，你给他做了条裙子，他穿上……"

"那是你三哥给改的，用我的一件花衬衫，我那时喜欢女孩，就想让他穿上给我看看。说起来你三哥是不同意的，觉得一个男孩子穿上一条花裙子像什么样，可他又看我特别希望，就还是给改了。

"做好了，给小众穿上，小孩子不懂，还认为挺美，我们看了却直想笑。那时候天最热，刚给他剃了头，秃头加上一条花裙子，怎么瞅也感到别扭。你三哥让脱掉，我就走上前去，可小众不同意，见我要抓他一溜烟儿跑到了院子里，那时正巧院子里有一堆泥，准备抹墙用的，他一个没注意一头栽进了里边，爬起，腿上、脸上、裙子上就都是泥，他吓得直哭，还一边哭一边抹脸，结果……呜——"

就这样，张明福的妻子哭一阵讲一阵，哭累了、讲累了就睡一会，可她又睡不踏实，隔几分钟就遽然醒来，嘴里唤一声"小众"再睡去。她的精神处于极不稳定状态，小众火化后，张一萍建议大家一起出游一次，被她坚决拒绝，张明福也不情愿，于是不久两人即乘车返回。走时他们没有带小众的骨灰，而是把它存放在了岷州殡仪馆。

丧子之痛啃啮着两人的心灵，自此以后他们双双脸色煞白，就连一点血色都没有，张明福用了好长时间才能再次跑车拉货，他的妻子则辞去了学校的工作回到家里，之后也再未外出工作过，她一见穿白衣的就晕过去，一见穿白衣的就晕过去，很明显，她已无力回归社会。他们差不多用了一年时间才敢看儿子的照片，但看时只看不语，至于何时开口谈及，则遥遥无期。

二　张一葳无限自责

　　张一葳始终自责。当初侄子打来电话想让他帮着联系一家实习单位时,他想都没想就答应了。他明白这正是他心里所等待的,三哥不求他,三哥儿子求他对于他来说,重要性是同等的。另外这也是一个信号,说明三哥开始需要他。说起来他本不应这样看待两人之间的兄弟情,可他就是要将其置于一种特殊地位,认为他今天所拥有的正是当年三哥所给。

　　说到底,他的报恩心理还在,而且愈发地强烈了,为什么?因为他有能力了,并且是很强的能力。

　　其实这早已成了他的一个心结,过去他曾数度尝试着打开过,但均失败了。

　　有两次很具代表性,值得在这里摆出来,一次自然我们已经知晓了,那就是1997年张明福腿上长骨刺,面临彷徨境地，他回老家走时恳请他跟他一起走被坚定地拒绝；再一次则是他上大学期间，他从大邱庄回来，拿出那挣的五百块钱当中的一百七十九块给张明福买了双皮鞋，但张明福没要。他很尴尬，拿着这份重要的"心意"不知如何是好。这么说，为什么他非得要买一双皮鞋呢？

没什么原因，只因它稀有，特别是在农村，它几乎是每个人心中的一份渴望，小花不就羡慕别人有一双红皮鞋吗？

那既然如此，为何张明福又拒绝要呢？

同样地，没什么原因，他只觉得这双皮鞋在弟弟那比在他这更能派上用场（因为张一葳隐瞒说是七十九块钱买的，所以与价钱无关）。确实，他一个种地的，哪有时间和地方穿？这是他的原话，却着实伤了张一葳的心，最终，他自己也没穿，而是一直搁置了很久，直到被张一萍送给了一位拾荒老人。

后来他就盼着能在具体的事务中帮助三哥，多年后他等来了小众的电话。放下电话他思量，该把他安置到哪呢？放到别的建筑公司，他眼睛看不到，多少有些不放心，他想起公司正在盖二期大楼，就在公司楼旁边，于是他跑去同负责人打了声招呼，过年后再开工，小众便出现在了那里。小众好学，求知欲那么强，工地负责人安排他在室内，他不同意，非得在外面，还得在高空，孰料竟出了这等事，而且是致命的。

　　当他第一时间得知后,脑子"嗡"的一声就空白了,多年来一直沉稳的他顿时惊慌失措,他都不知道自己是怎么到了工地的,而见到侄子的尸体时他又是怎样一副状况!小众当场死亡,没给他留下任何告别的机会。他精神沉抑,直到下午才给三哥张明福打电话,告知他小众出了事,随后等着哥哥嫂子来。当晚他一夜没睡,歉疚折磨得他满脸憔悴,加之悲伤,第二天接站,尽管他竭力克制着,但还是被哥嫂瞬间看出,那一刻,他才明白心碎之人是何种表情,哥嫂眼中的光,即便是焦急之光,也刹那间熄灭,与此同时均面如死灰。

　　那代表着什么也没有了!统统都没有了!

　　他多么期盼哥嫂能狠狠地责怪他一通,怪怨他没照顾好小众,可惜没有,就连一句也没有。这让他愈加难受,尤其当看到嫂子几次哭晕过去,醒来又那副模样,他觉得自己简直是罪人。他做了无数个假设,假设不安排小众在这家公司而是在其他公司;假设坚决不让小众在户外工作,而工地负责人也是通告了他的,要的就是他的一个"不"字,他却没说;假设小众那天没按时上工或者干脆逃工;假设……

　　然而真实的结果却是他那天看到的情形:脑袋着地,身体被插入一根钢管。

他没有给哥嫂描述过那情形,他知道他们接受不了,另外也太残忍,他也讲不出。

当然他们也不问。

小众火化后张一萍提议出游,他明白这样做是为了让三哥三嫂尽快从悲痛中走出来,他们拒绝,这他理解,可令他奇怪的是随后两人绝口不再提儿子,就仿佛他从来没在这个世界存在过一样。他们只是依旧悲伤,而人们也一眼就能从他们的脸上识出他们刚刚失去了挚爱亲人。

不提人,骨灰自然也不能提了,于是小众就留在了岷州,留给张一葳来照顾。

这不是什么骄傲的事,它总得有个去处,但张一葳一个人做不了主,另外他也不能做主,由此此事便被搁置了下来。

这一搁置就是两年,其间张一葳去殡仪馆一次就心绞得难受一回,去殡仪馆一次就心绞得难受一回,有时他甚至都怀疑自己是否得了心脏病。2009年秋季,他接到了老母亲的电话,她向他诉苦说,他大哥张明宝如今同她闹意见闹得厉害,有时都抵着门不让她进屋,说是让她去找她其他几个子女。正好可以接她出来住一阵子,张一葳亲自去接,并顺便安排了一下大哥的生活。

其实也用不着怎么安排,各样条件齐备:

首先有一个叔伯哥哥还在村里,他可以帮着照应一下;

其次他自己会做饭,吃饭不用人担忧;至于经济方面,那就更用不着操心了,这几年退耕还林的补助就不少,他的,加上老母亲的,一年四五千,另外他还有低保,所有这些加起来足够支应他的生活;再有就是家中早已不再饲养猪马羊了,也就没有那么多的力气活需要干;最后如果他想种地,有老三张明福的地可以种,老三的地没有退掉。

以上这些就是老大目前所拥有的,比村里其他人算是相当不错了,而这也是母亲和张一葳放心留他一人在家的最主要原因。

走时,张一葳买了一只羊冻在了冰柜里,自打通电后,冰柜已经成了村里人家的必备之物。然后他带母亲离开,而那一刻张明宝看起来还相当高兴。

母亲没有坐过飞机,张一葳就带着她坐了这一回,从此她觉得人生已无遗憾了,并且凡有机会她就会对人讲上一遍,然而后来再让她坐她则死活也不肯了,仿佛怕失了对第一次的美好回忆似的,事实上她是害怕,你不听她是这样对小花评价这次乘飞机的嘛:"你说我傻不,都不懂得害怕!"

之后她又问了张一葳好几回当飞机飞起来后下面那白白黑黑的东西是什么,而张一葳也始终没搞清楚其所指,后来明白那白的似乎指的是云,那黑的他则一直没有揣摩出来。

母亲来后被安排和小花一起住，小花婆婆去年刚去世，她的女儿也刚刚两岁多，她正好可以帮着照顾照顾。其实这也仅是一种说法，她自己都驼背弯腰的，那么小的孩子交给她，谁放心？主要还是靠小花，她自打有了女儿后，就不怎么往养猪场靠了，她将一半的精力放在了家庭，而这倘若搁在过去简直不可思议，如今她却很享受。

村子没拆，地也没占，当年新建的小区现在住满了人。都是城市里的，村民们大部分还是住平房，却也因此而被挤到了村子边。曾经的戏台没了，变成了变电站，进出村的那条大路一边是小商店一边是幼儿园，张一葳好几年没来，满以为找起小花的家来一点困难都没有，不料兜了好几个圈也确定不了，最终还是小花出来接才将他和母亲迎了进去。

为了照看猪，小花的丈夫大部分时间都在猪场里待着，包括晚上，有时他就住在那里，而他们的儿子，跟着人学画匠，专搞古建筑修复，常年不回家。

母亲来算是和小花做个伴，而小花呢，也愿意听她唠叨。她都有几年没回家了，母亲讲的又全是村里的事，所以她爱听。实际上她净围绕着李二娃家讲，什么他女儿上了个职业学校，考了个英语证书，然后进入县一中教书，一月挣五千多；什么李二娃的叔叔死了后，突然冒出个侄子来和李二娃分家产，李二娃不给，那人就把他告到了法庭上。

小花问是不是李二娃的亲哥哥或亲弟弟,母亲回答说不是,而是山西来的。小花一听就义愤填膺道:"他都没伺候过李二娃的叔叔,怎么还有脸来分财产?"母亲听后却反驳说:"嗯,人家也是侄子嘛!"母亲说时声很大,听起来像是在为那人辩护,于是小花在心里就认为母亲在这件事上是非不分。

不聊李二娃的事,母亲就聊当年张明福采发菜的地方发现了稀罕石头,人们蜂拥去凿,有人为此发了大财。小花问都是什么颜色的,母亲回答说各式各样的都有,如此还引得小花很是遐思了一会儿。

终于,母亲问到了小众,那是唯一在她身边待过的孙子,因此她搁记着他。她问他如今在哪里、都干些什么,小花不知如何作答,因为小众的死,他们是瞒着她的。小花支支吾吾,幸亏这时候女儿哭了才解救了她,事后她给张一葳打去电话,询问如果再遇到这种情况该怎么办,张一葳很艰难地回答道:"就说他在新加坡,在建大楼……"

无疑,谎话再次刺伤了他,他忽然感觉一阵眩晕。

三　张明福孪生弟弟出现

从来都是张一葳去看母亲，除非去接，母亲绝不自己上门，有张一萍的父亲在，又有个促狭的保姆，她懂得如何维持和谐。所以说单就从这一方面来讲，她就是个绝顶聪明的老太太，何况她还有她自己的一套哲学，用她的话说就是："眼睛看到的假装没看到，耳朵听到的假装没听到。"其实她的耳朵多少有些背，人们给她零花钱时得大声地报给她她才能听得清楚，其余时间大部分不关她的事，人们也就不在乎她听到听不到。她今年七十有六，可能是身形的关系，显得老态龙钟，没事就坐在炕上打盹儿，难得有活灵劲儿的时候。然而2010年开年的某一天，都已经很晚了，她忽然由小花领着，背后还跟着一位中年妇女和一个年轻小伙，急匆匆地敲开了张一葳家的家门，张一萍开门时才明白小花为何要问她六哥在不在家。

坐定,母亲才讲起来,语气焦急,告诉张一葳其实他还有一个三哥,是张明福的双胞胎弟弟,如今陷在了传销窝里,让他想办法解救。

原来早在那个自己都吃不饱的年代,生下一对双胞胎新鲜是新鲜,却也意味着将有一个养不活,为了让他们都活命,只能将其中一个送人。母亲留下一个健壮的,相对虚弱一些的送给了生有五个女孩的一户人家,为此她心里内疚了好一阵子,等到后来听说送出去的那一个也活得好好的,才放下心来,但自此这件事也成了秘密,他们兄弟几个以及小花均不知情。

张明亮那时太小,记不得,张明宝是搞不清楚,因此今天冷不丁经母亲这么一说,事先从未听闻过任何讯息的张一葳还颇感有些意外,不过也同时心里一激灵,仿若听到春天来了一般。

那么这两个跟来的人是谁呢?一个是张明福抱养出去的双胞胎弟弟的姐姐,一个是这位姐姐的儿子。

张一葳问有无照片,两人说有,匆忙翻找时,他又问叫什么,得到的回答是"李有亮"。照片拿到手,登时张一葳就感到心头有一种东西在往外流淌,好几年了,他第一次有想哭的冲动:照片中的李有亮简直就是三哥张明福的翻版,就连眉宇间的表情都一样!

毫无疑问,这人一定得救,张一葳下楼送走母亲,刚

一返回来便同张一萍展开了讨论,他首先说道:

"他们说已经在北海找了好多天了,看来得通过公安局才行。"

"还不一定在不在北海,另外有什么证据证明是在传销窝里呢?"张一萍一开口就专业味道十足。

"差不离,走时就声明要去北海赚大钱,而且一走三年也不与家人联系,给谁都清楚他们干什么去了,况且还带着老婆。"

"咎由自取,都那么大年龄了,明知道是传销还去!"张一萍愤愤然道。

"事已至此,也不能有太多的埋怨了,当务之急是先把人解救出来。"

谈话出现了暂时的停顿,但接着张一萍就向张一葳询问道:

"嗳,那用不用我给你介绍一个那边公安局的朋友,我们之前有过业务往来?"

"不用了,我的事还是我自己想办法吧,我在广西公安系统也有熟人。"张一葳回答说。

如此两月之后李有亮和妻子就站到了他面前,他们是来感谢他的,同时也来认亲、认母亲、认兄弟。

要说世界上的事总是那么奇巧,李有亮和张明福长得一样倒也罢了,因为他们本就是孪生兄弟,他的妻子居然也和张明福的妻子长得十分相近,这就令人有些不可思议了。张一葳刚一看到他们时竟然有些恍惚,就仿佛面对的是他三年前在火车站接站时的三哥和三嫂。不用问,这两人留在了岷州发展。开始时他们倒也安分,女的卖水果,男的继续搞他的铝合金门窗,过去他就是干这个的,如今以此立足。要说两人也的确都是做生意的料,很快就又都干得有声有色了起来,然而他们总是嫌这样来钱慢,于是半年之后成立了一家公司,专干与建筑有关的项目,项目呢,自然都是依靠张一葳介绍,而张一葳本身又不属这一行业,他也得通过别人,但看得出他没有丝毫怨言。

可这并不代表张一萍就支持,见两人老来找张一葳,有一天张一萍忽然对张一葳说道:"恐怕你是引狼入室了。"

张一葳听后旋即反驳说:"没有你想的那么严重。"

见张一葳不以为然,张一萍一撇嘴表达了她的遗憾,不过她还是随后说道:"你别不信,且走着瞧吧,有你后悔的一天!"

事实上张一葳也能感觉到点东西,那东西来自夫妻俩的眼睛,他无法定义究竟是什么,说狡诈不恰当,说贪婪有些过分,但有一个特点,就是惹人不安。

其实那就是欲望,只不过李有亮夫妻俩过于精明,精于掩饰,才使得他辨识不清,加之他对三哥三嫂的那份特殊感情,此时这两人又无疑在他心目中替代了他们,更是让他迷糊了双眼。

张一萍就猜出了这其中的缘由,有一次她忍不住说道:

"他们又不是三哥三嫂,你老舍弃原则帮他们干什么?"

"你不懂!"

一句话阻断了话题继续往下,说时他表情痛苦。就这样,他一边心甘情愿地扶持着,那夫妻俩一边心安理得地接受着,终于有一天,他也感到了为难。

事因公司正在盖的又一座大楼,地处新区,建成后公司人员将集体搬入其中,而现在的两座大楼则被用来出租。李有亮也是从他这里听了一点消息,他说时没在意,李有亮却上了心,忽然郑重其事地要求承包大楼的玻璃幕墙工程。张一葳没想到他敢承包这么大的工程,要知道工程标的至少一个亿,尽管招投标还得等到一年甚至更久之后,但对于这一数字他还是有把握的。

李有亮要得很热切,张一葳在沉吟,他从心底里不愿意李有亮染指自己公司的项目,担心引来什么麻烦,但看着李有亮那同三哥一模一样的脸,他答应了,不过他只说尽力,不说一定,因为这一回的确有点难。公司领导再有两年即退休,尽管他接班的可能性最大,却也不是完全十拿九稳,在此期间,他不能出任何岔子;另外对于这么一块"工程肥肉",想必到时竞争也不小,至于他的力量究竟有多大,还得依到时的情形,所以他一方面叮嘱李有亮不得外露一点信息,包括对张一萍,一方面时刻关注着工程进度。

四　张明福又失去妻子

小众死后，张明福和妻子从未想过再要一个孩子，就连念头都没闪过，他们全心全意地在心里珍藏着他，容不下任何人来同他争宠。一晃五年过去了，他们依旧害怕谈起他，而家里的气氛也同从岷州回来时相似，沉寂，冷清。两人很少说话，包括相互间，交流多是靠过去形成的习惯以及极度的敏感性，"默默地"就是专为两人造的词，什么默默地吃、默默地喝、默默地打扫、默默地起床、默默地洗脸以及默默地干其他事项。很难想象他们都能受得了，但他们就是这么过来的，而且看样子还得继续下去。一件事情将这一切改变，张明福的妻子被查出患了癌症！

打击对于张明福来说不可谓不严酷，他简直要怀疑自己是否上辈子造过什么孽，才导致今天老天要这样惩罚他。他悲哀得无以复加，妻子确似忽然间得到解脱，她的面容头一遭露出晴朗色,嘴角竟然有了一丝笑意。开始时张明福以为是因一时接受不了而精神上出现了点问题,但很快他就发现妻子是真心实意地接受这种命运安排,甚至都有些感激。

她不同意为她治疗,说:"不花那冤枉钱。"

如此别人的一切努力都白忙了,张一葳四处托人给联系最好的医生,张明亮的儿子在北京东奔西跑。

张明福又试着劝说过几回,均无效,最终他尊重了妻子的决定。

他卖掉汽车专心在家陪妻子,拆迁已定,他却把屋顶的那几堵墙拆了,并且还同时也把屋内整葺了整葺,使得看起来比以往温馨和漂亮了许多,另外他仿照楼房那样,在前面加了一道阳台,阳台很宽,足有两米,方便妻子晒太阳。

他买了把摇椅,没事就让她坐在阳光下摇,而家里的气氛也正是在这种摇动中迅速升温,重又变得轻松和温暖,偶尔,他们还会相互间轻柔地调侃上两句。就这样他们像暮年夫妻一样相伴着度过半年,有一天张明福的妻子提出想去趟北京,张明福听罢,暗自在心里责怪自己:怎么就从来没有询问过妻子的心愿?

买的是快车高级软卧,里边只有两个床铺,上与下,带卫生间,方便他照顾妻子。张明福的妻子很兴奋,对于这在火车上都能满足她与丈夫独处的愿望颇感新奇与意外。这是她第一次去北京，晚上闭眼睡觉时心里还充满了各种想象。

第二天张明亮的儿子小顺在车站接站，看着他，张明福的妻子满眼是爱，是啊，儿子如果活着，只比他大两岁。小顺负责推轮椅，张明福的妻子也乐意让他推，一行三人首先去宾馆。小顺就给订在了天安门附近，省得三婶外出辛苦。她已经不能自己上下楼了，等到下午上天安门城楼时还是张明福将她背上去的。正是金秋九月，站在上边望天安门广场，她满眼是泪。也难免，有生之年第一次来，不想却是来告别的，但她还是觉得很幸福。

下了城楼，她穿着太后服照了张相，照之前，她坐在车辇里询问张明福她像不像太后，张明福回答说："像！"

他们没有等到降旗，怕妻子累，张明福早早带她回了宾馆。事实上她晚上就表现得无精打采，饭也没吃多少，张明福特意给点了烤鸭和炸酱面，她只看了看，喝了点菜汤算是应付了事。

第二天一早她没有起来，原定的观看升旗仪式因此泡了汤，张明福问她是不是不舒服，她说想回家。

于是立刻买票、去车站，今天小顺上班，他们没有麻烦他，等到上了车车快开时才给他打了个电话。

由于返回是白天，张明福的妻子对着外边看了个够，这也是应她的要求，否则张明福又要买来时那样的车票了，而那样的车票只在晚上才有。

看时，她始终沉默无语，也不知她的心里究竟在想些什么。车窗外一片葱绿，大山巍峨，不时地有山洞，这时候窗玻璃上就会印上她的脸。过了大同，她回到铺上睡觉，这一睡一直睡到终点。

回到家她的精神状况再未见好转，身体也快速消瘦，张明福请婚纱楼的人来家里给两人补拍了婚纱照，拿到照片后，他妻子一天好几次地在那里翻看，有一回他看到小众的照片也在其中，终于，五年来的第一次，她跟他谈起了儿子。

"我记得你给他买了一双平底球鞋，他不要，你抵着门非要他穿，那可能是他头回反抗你，结果还失败了。"

"我那时也是一股牛脾气上来……"张明福懊悔地说。

"那孩子脾性弱，不喜欢与人争执，遇事爱妥让，在这一点上随我。"

"都是因为善良。"

"可不一定是好事。"

张明福沉默着没说话。

等到初冬时节，张明福的妻子提出让张明福给自己做套寿衣，要丝绸的，不要纯棉的。张明福答应，可心如刀绞，再没有比这残酷的了，亲手给妻子做寿衣，就等同于要送别她。但是他同时也明白，不做好，妻子是不会走的，于是他整日里想尽办法地磨蹭。他借口好多年不做衣服了手生，拆了缝，缝了拆，一道线得缝好多回才能缝好。妻子也不催他，就坐在旁边看，同时与他聊着天。

他专门在阳台上生了炉子，这样两人就可以经常在阳台上待着，他知道多晒太阳对妻子有好处，所以从一开始他就将工作台设在了阳台上。

阳光似乎整日都能洒满阳台，洒在衣服上时，衣服就显得特别鲜亮，她要的是白底粉花的，又尤其如此。张明福没做过棉袍，特意去商场里买了一件照着做，做到一半时，他觉得做得太快了，因此每当妻子睡着时，他都停下手里的活坐着发呆。阳光停在工作台上时，总是动得很慢，这时候他能感觉到那就是时光，他时常想让这时光留下，可等他回过神来时，却发现它已歪斜，甚至没了踪影。

接下来的某一天，妻子告诉他梦到了小众，梦里小众在向她招手。

这就等于在催他，他却还在拖延。这期间陆陆续续有探望的人来，张明福就借机使劲留他们，若是亲戚来，他则干脆停了工。妻子何等聪明，但她不想再等待，这一天，她语气和缓地对张明福说道：

"我明白你的心思，可我怕我等不到。"

这比乞求都有效，张明福加快了进度。衣服外皮做好

后往里絮棉花时,他的妻子又想起了一件小众小时候的事,只听她说道:

"我记得有一回我也是絮棉花,小众老捣乱,结果让我把他给放到了一只箱子里。"说罢她兀自先笑,张明福随之后笑。

剩盘扣环节时,张明福的妻子也想参与,张明福给了她一条布、一根穿好线的针,然而她很快就放弃了,癌细胞在损害着她的肝,她的眼睛老是模糊不清。

终于,历经一个冬天,转过年来不久衣服做好了,衣服就摆在面前,张明福的妻子伸出手来久久地抚摸来抚摸去,就仿佛在抚摸一个婴儿一般。

五　张明福回到农村

同年，张明福回到了村里，拆迁他没要房子，而是要了钱。村子早已不是他离开时的那般模样，那时还有条进出村的路，现在仅剩一片黄土。几棵树告诉他那是村里唯一的绿，由于庄稼还没长出，到处显得萧索甚至凄凉。山似乎比原来矮了，变成了慢坡，他刚从南坡一下来，瞬间看到上述景象，一时间真是难以接受。那条街道还在，沟却没有了，而当年那个挖土的大坑也被填得平平的。张老五死后他们填过那个大坑，但并未填得那么彻底，如今也不知是风还是雨将其与周围抹平了。其实是整体下凹，如同被巨人的手掌立着刮过一样。

后面即是村民们的房屋，这一点没有改变，改变的是其中有几户墙倒屋坍。村里人家本就不多，这样一改变，给人的印象像是村里已无人居住。一个裹头巾的老妇出现，她皱着鼻子盯着张明福瞅了半天才冷不丁问道："是三娃子回来了？""是，杨三奶奶！"

张明福拉着一只带轱辘的车，上面是他全部的行李。他走时卖掉了所有的家当，只留了一床被子、一条褥子，而此刻被子里裹着的正是妻子的骨灰。

他匆匆回答了一声后便拐入母亲的院子，他准备先去看望大哥。张明宝正在灶坑里烧火，一把柴火刚添进去看他回来惊讶得一下子站了起来。火跟着下来，差点引起火灾，张明福匆忙上去一脚踩灭还外带浇了两瓢水。

大哥老了，胡子拉碴的，而且也比原先瘦了。

"老……老……老三回来了？"张明宝问道。

"是。"张明福回答。

"就你一个人？"张明宝又问。

"就我一个人。"张明福又答。

完后就是一阵沉默。看得出大哥多少有些失望，张明福明白他是想老母亲了。对于当年那场意见以及随后母亲被张一葳接走，他们几个弟兄像局外人一样，谁也没说什么，因为母亲愿意，这就是禁口令，况且谁都想让她外出享享福，只是可怜了大哥一个人，如今看来更是如此。

见张明宝在做饭，张明福就问吃什么？张明宝回答说："吃面。"张明福便说："让我来做吧。"

羊肉臊子面，里边还加了点土豆。吃饭当中张明宝神色黯淡地说母亲还记恨他，要不然怎么会一走就再也不回来了。张明福安抚他说，不是的，是他们这几个弟兄没人送她回来，其实她早想家了。张明宝听罢鼻子一抽，鼻涕差点掉碗里，他随后问道：

"听说你媳妇儿死了？"

"嗯。"

同样地，他们也没把小众的死讯告诉他。

当晚，张明福就睡在大哥身边，十几年了，他第一次感到心里如此踏实，是啊，外边再好，那也不属于自己，他的根在这里。

回到家第二天，他先是安葬了妻子，就让她睡在了父亲的脚底，依位置排第三（等将来与他合葬）。他没有按乡里的风俗让妻子等着自己，而是让她早早入土为安。忙完这些他开始修房子，修得不漏风之后他又把院墙用泥糊了糊。

地，张明宝并没有种他的，他抓紧平整，翻耕。村人看出他是真的不走了，便纷纷前来问询，其实也没几个人，稍微有一点能力的都离开了村子，只留下一些老年人和残疾人。

李二娃家也去了县城，跟着闺女过，他在时，他们曾回过东北，待了一段时间后又回来了，说是不适应，那时李二娃的叔叔还在，是叔叔一直在支持他们，不想等叔叔死后，那冒出来的侄子以此为由愣说他们没赡养老人。

这一点是张明福听村人说的，至于后来那人分走钱没有，谁也不清楚，因为那时李二娃已经搬走。

李二娃就留了个圆顶粮仓在，房子也塌了，张明福去县城采购种子时，专门找到李二娃询问是否可以借用他家粮仓，得到的答复是："归你啦！"村人笑张明福能打几斗粮，他抿抿嘴没说话。种子种下，长出，人们认出是向日葵，不明白他为何要种这需水量很大的作物。张明福自己明白，他在需要浇水时就去乡里租别人家的汽车，然后上面加个大水包，从井里泵水装着拉到地头。

他一年除好几次草，没事就在地里头弓着个腰，村人不理解，摇着头说："有那么多钱，放着大好的日子不过，受这份罪干啥？"张明宝是坚定的支持者，他也加入了弟弟的事业中，跟着他起早贪黑，辛苦劳作。

等到7、8月份，当金灿灿的向日葵饼齐朝着一个方向点头时，兄弟俩的心里甭提有多高兴了。张明福还在边上试种了点甜瓜，长势也很好，只是个头有些小。

这期间兄弟俩经常蹲在地头边边守望边唠嗑，泡上一暖壶茶一喝一上午或是一下午。两人早已在一起开伙，但不住在一起，都充分享受着各自的自由。

家乡的空气比城市里好，张明福时常对着那蓝而又蓝的天空兀自凝望，这时候他的心里总是什么也不想，就那样让它空着。他已经好多年没有放空过它了，如今这种感觉可是真好，他估计那些在冬日暖阳里晒太阳的人就是这般心境。他没有羡慕过城里人，妻子却总是羡慕，但最终她还是要求回到村里。

唉，该给她扫扫墓了！

向日葵9月收割，割回后放在院子里晒，晒到一定程度后就请村子里的老头老太太往下搓。老人们乐得挣这份闲钱，不费什么力气，籽粒几乎一碰就掉。这些都是用来榨油的，比平常人们见到的都小，也黑，瞅着从里到外地冒油。人们纷纷猜测这一下张明福能挣多少钱，因为凡是能种向日葵的地方，家家差不多一年能收入十几万。

有人打趣张明福："三娃子，这下发了吧？"

张明福听后只笑不语。

葵花籽收下，装进口袋放入粮仓，下一步只等着销售了，这当口他想起有一件事需要去趟岷州，恰在这时他接到张一萍的电话，也让他去，于是他不日即启程了。

六　张一葳开始滑落

　　大楼主体结构完工在即，玻璃幕墙的招投标工作开始启动，张一葳叮嘱李有亮找个合伙人，而这个合伙人需要有资质，且有工程案例。这不是什么难事，很快李有亮就找了一个人。找好了，他频繁地来找张一葳商议标书内容，被张一萍看到后，她就怀疑这一次可能又是张一葳给揽了工程，但蹊跷的是，以前张一葳从不亲自参与，这一次却如同自己的一样，于是她有一天等李有亮走了之后开始追问张一葳。

　　张一葳倒也坦诚，实话实说，张一萍一听却吓了一跳，要知道这可是上亿的工程啊，而工程又属于张一葳公司的，他是领导，这本身就属于违规。

　　她劝张一葳放弃，张一葳并未答应，见劝不动，张一萍就问工程什么时候开标，张一葳一听就知道她要干预，便随口回答说等过了国庆。

他往后晚说了整整三个月，等张明福进门，李有亮已经卷了一千五百万工程款跑了！

也怪张一萍自己，没有查实，而是选择了相信，她依这个时间提前了几天给张明福打电话。解铃还须系铃人，她以为她说不动，张明福一定能说动，说动了，只要到时李有亮投标不中或是主动退出就是了，岂不知这一疏忽，竟导致了不可挽回的结果，当然她本人并不知晓这一结果，包括事后，而火车上的张明福则更不知情了。

此刻他正透过车窗往外望呢，上一次来，他无任何心思欣赏沿途风景，压根不清楚往岷州的这一路上都有什么，这一次他看到了窑洞、黄河和连绵的群山。黄河还没有冰封，也并不宽广，似一条灰白色的公路一样间隔开一定距离与群山平行着向东流淌；窑洞只有几洞，就嵌在路旁的土坡上，相当不起眼，他却看着心里莫名地激动；山绵延不绝，由于植被的缘故，颜色呈铅灰色，他猜测那上面应该都是松树。

到了岷州，他给张一萍打电话说到了，张一萍让他自己先回家，并且说已经给他收拾了房间。晚上他们一家人出去吃的饭，席间张一萍并未说什么，等回到家，安顿她父亲睡了，又把保姆也打发回她自己的房间，她泡了一壶茶，三个人坐在一起正式聊事。

张一萍开门见山地说三哥是她请来的，请来做劝说工作。她细数了这几年张一葳对李有亮毫无原则的帮助，特别是这一次，关于他公司玻璃幕墙的项目，她不希望他犯错误，因此她要求李有亮必须退出工程。

说完她即出去了，留兄弟两个在那闷着头不说话。

说实在的，张明福很为难，他一介农民，怎么能对六弟指手画脚呢？他是家里的骄傲，全家人的偶像，遇事都是别人问他，哪有反过来说他不对的？况且出于亲情缘故，他也有一种偏袒的心理在。但至于说到怕犯错误，他倒是真心不希望，所以他一开始处于矛盾当中。他不知道张一萍是为了这事才请他来，若是知道，怎么也得事先端量端量，哪怕是心里些微考虑考虑也行，何故像现在这般尴尬呢？

出于不驳张一萍的请求，另外也真的担心，他最终还是做了劝说工作，不过他并没有说工程上的事，他讲的是穷家孩子混到这一步不容易，要他珍惜。

结果劝说成功，稍晚些时候张一萍回来问，张明福回答说答应了，然而事实却已如我们所知晓的那样，李有亮卷了一千五百万不见了踪迹。

张一葳为此陷入了泥潭中，合伙人找来，他是哑巴吃黄连，有苦只能往个人肚子里咽，他没想到自己的哥哥会干出这种事，就是再让他选择一次，他也选择不相信。但事情就这样发生了，并且毫无防备。

所幸他带走的仅是一小部分，工程款按"三三四"支付，他带走了前期百分之三十中的一半,另一半,经他与合伙人商议,一人出百分之五十。也只能这样了,而且截止到目前,这是最完美的办法,一方面工程依旧,什么也没改变,另一方面那位合伙人还有钱赚,只是赚得少而已。

张一葳丁点儿都不想让张一萍知道这些,否则他在她眼里就是骗子无疑,筹钱倒也不算过分困难,可接下来他得还啊,这是最令他头疼的事情。

他几乎都想到要动用女儿账户里的钱,但他忍住了。女儿今年在汉堡大学刚上一年级,为了保障她本科三年的学习,他们一次性给她存了一百万,由他定时给她汇款。

焦虑中,一个女人出现了,她是一家保险公司的业务员,来找他拉保险。也不能说张一葳就是在利用她,或许两人之间真有感情,总之,很快他们就成为情人关系,之后这女的就从保险公司辞了职成立了自己的公司,专门代理保险,不用说,这其中就包含张一葳公司的业务。

谙熟保险门道的魏姓女子通过对他公司的保险做手脚,短时间之内就帮他脱了困,不过张一葳并没有把欠的钱立刻全部还掉,而是拿出余款投资了大量的房产,此外也从某一牧业公司购入了一定数额的职工原始股。要说他的眼光还是有的,仅仅两年,两项投资的增值就够他还清剩下的债务,但他接下来的操作是:卖掉五套房子还债,其余的一切保留,给魏姓女子两套房子,额外的由母亲代持,当然老太太是在稀里糊涂的情况之下，至于股票，他则改成了另外一个人的名字。

七　张明福病榻前尽孝

张明福从岷州回来带回了小众的骨灰，他将其埋在了村里那处"孤独之地"，由此人们才明白这几年来这个外表坚强的男子心里都承受了什么。张明宝哇哇哭，时隔多年村庄上空再一次蒙上阴霾，这是对于那个九岁孩子的纪念，而人们对孩子的离去总是格外感到心痛。

李二娃的儿子早已被李二娃家遗忘，只有村人依旧记得，说起来也是那个"被冻裂了脑袋的孩子"，如今又添了个"摔死的孩子"，话题自然就更沉重了。

就这样，小众被以一个九岁的身份唏嘘着，也难怪，自他离开后就没再回过村庄，人们对他的记忆也只能停留在那时。

张明福嘱咐张明宝不准告诉母亲，张明宝睁着泪眼疑惑地盯着张明福，因为在他的世界里是没有秘密的。但他最终还是同意了，只是同意得相当勉强。

张明福2014年又种了一年向日葵，收成也很好，2015年出青苗时，母亲病重返乡。其实是因太过年老。她回来之前就已经卧床不起，回来后张明福日夜伺候。他荒了地地照顾母亲，这期间母亲几次病危几次转好，几番折腾后，张明福对不停返回的众弟兄以及小花说道："不要再回来了，等我最后的通知吧，工作要紧，另外也都各有各的事。"于是众人直到母亲去世后才再次聚首。

母亲在病榻上躺了七个月，张明福也因此陪了七个月，在最后的时光中，他整日陪母亲唠嗑。

"三子啊，你说你五弟走了多少年了？"

"二十年了。"

"啊，都二十年了！我怎么感觉是一会会的事呢？"

"……"

"你这几年去过他的墓没有，估计也不成样子了？"

"去过，挺好的，我前几天还把周边的杂物清理了清理。"

"是不是让雪盖住了，今年的雪大？"

"有点，不过是好事。"

"也是的，盖着暖和。"

……

"三子啊，听小花说你再也不回去了？"

"不回去了。"

"为啥?"

"我喜欢这里。"

"唉,折腾出去了又折腾了回来,倒是这下子你大哥有伴了。"

"是。"

"我听村人说,小众也没了,是不是真的?"

"别听他们瞎说,小众在外地施工呢!"

"不用瞒我,我能受得住,别忘了我也失去过儿子。"

……

"三子啊,你见过小花那老二没,可机灵着呢?"

"我上次去见来着,和小花长得一样。"

"听老四说,后来她妈去找他来着,想让他帮着劝说劝说。"

"谁妈?"

"小花的妈,那个知青。"

"哦。"

"唉,要是当初认了说不定挺好的,总比养猪强吧,那么累。"

"是她自己不愿意。"

"她是怕我们伤心,我知道这孩子的。"

……

这样的嗑唠了一遍又一遍,直到有一天母亲要求去看看自己的墓。张明福背着她,后面跟着张明宝,三个人穿过冬季的田埂,向自家坟地走去。坟地里的墓穴已做好,还立了碑,比起早先年来阔气了很多。母亲看罢什么也没说,走出很远才问张明福道:"那脚底下的是你媳妇吧?"

张明福回答说:"是。"

接下来他们又去看了张明旺和小众,望着墓地里那两个年轻的生命,这一回老太太还是呜咽了。回来隔了一日她即陷入昏迷,次日一早离世。

仿佛专为了让眼泪伴着风沙,张家过去凡死去的人都死在了春季,到了母亲这里终于得以终结,她死在了冬季,虚岁八十二。

按照乡俗,这应该是一个喜丧。

确实大家哭得不多,或者说哭得不厉害,唯有张明福一根棍子拄下去时常长跪不起。其实他已经经历不起这种场合了,迄止,他送走了父亲,送走了五弟,送走了儿子,送走了妻子,如今又要送走母亲,给他的感觉就是他这一生是专为了送葬来的。

出殡当天天气很好,当一家人在墓地看到张明福妻子的坟冢时顿时都沉默了,他们纷纷看向张明福,张明福明白那代表着同情,于是他塑起一张刚毅的脸来自此再未掉过一滴泪,包括在以后的人生中。

结尾

一盘发菜

到2015年年底,张一葳罹患抑郁症已经整整一年,很难想象,他就是在这种身体状况下完成他那一系列房产和股票处置的,不过若要真的理解起来也不难,这就如同自闭症孩子都会画星星一样,他的星星就是那些复杂的事情。

有两件事直接引发,一是老领导退休前网络上出现了有关他和魏姓女子男女问题的帖子,一是空降来一位新领导。

他将二十多年都不拉的二胡拿了出来平抑自己的心情,他坐在黑暗中拉,琴声低沉悠长,张一萍就知道他遇上了从未有过的难事。

自父亲死后,保姆一辞,家里也就只剩下他们两个了,但他们之间却很少说话。先前是由于忙,她的案子特别多,经常很晚才回家,张一葳总是有事在外,后来便成了一种习惯。成为习惯后,就谁也不愿再打破,仿佛谁都喜欢这屋里的空寂似的,结果导致疏远。

张一萍能够感觉到张一葳的心对自己闭上了,然而她却懒得去探寻和理会。要知道她早已不是上高中时那个女孩了,随着自己事业蒸蒸日上,当初对于张一葳的崇拜之情在她这里已然不复存在,事实上,她都多少有些占上风。

但张一萍毕竟不是一个一般的女人,她懂得夫妻之间应当互助,哪怕是在不存在感情的基础上,何况他们还存在。

她在某一天将双手放在了张一葳的肩膀上,张一葳一震颤,二胡声戛然而止,随后又响起,变得激越和高昂了起来。

2016年春节即将来临,这一次在德国继续读硕士的女儿将从香港飞回,张一萍一思虑,干脆一家人在香港过年得了。张一葳没有异议,他也刚好想外出走走,于是提前请了年假。

他的情绪依旧不佳,也依旧感觉压抑。

深圳温暖的阳光给了他心里一些慰藉。一下飞机打车去口岸,一路上繁花朵朵,使他感到仿佛步入春天一般。

出租车司机谈论着房价,张一萍和他一问一答,张一葳则沉默着没说话。

在香港,他们定了一间海景房,睡了一夜第二天一早起来看碧蓝的大海以及穿梭于海域的船只。往来澳门的客船最繁忙，一会儿一艘一会儿一艘，船身上"金光飞航"几个字最醒目。女儿晚上到，他们在IFC（香港国际金融中心）接到她，随后走人行天桥回到宾馆。在路上，张一萍讲了她第一次来香港时在天桥下边迷路的情景，说就是在附近兜圈子，却怎么也找不回酒店，问了一位学生人家指给她看，原来就在前方不远处，后来她就学乖了，尽量只走上边。

这一次回来女儿发现父亲沉闷很多，她偷着问张一萍，张一萍解释说他心情不好，另外也特别叮嘱她别惹着她父亲，女儿听后乖巧地回答说："哦。"

依计划第三天上山顶，上时他们乘缆车，下时再看缆车处，排队的人多得一个弯一个弯的，工作人员提示至少得等两小时，他们转而就又去乘公交，公交和缆车一个样，等的时间或许更长，最后一家人一商议，直接走了下去。

在山顶广场晒太阳时，有那么一刻，张一葳忽然感到一阵羞愧，第二天晚上在中山纪念公园健身器旁的长椅上等绕圈走的张一萍和女儿时，同样地，又有类似情感涌出，他不敢去追索这是什么，因为一想他就浑身颤抖。张一萍和女儿回来见他神情有异，忙问他是不是不舒服，他回答说冷，于是三人立刻打道回府。

翌日，张一葳又恢复正常，问他他说可能昨晚穿少了。当夜是除夕夜，他们订了年夜饭，由于订的是套餐，具体里边包含什么谁也没有问得那么细致，菜一道一道上来，等到最后忽然有一盘丝状的东西绞缠在一起黑黢黢被摆在桌上时，众人都齐盯着眼睛一眨不眨。

张一葳惊遽地问道："那是什么？"

"发菜！"服务员回答说。

瞬间，张一葳心底的那道闸门打开，万千情绪齐齐涌出，当它们汇聚在一起向心口压过来时，一股灼烧感占据了他的心。"灼心"，这是他有生以来第一次体验到的一个对心灵惩罚的词，它直接宣判他有罪，如此他也顾不得体面了，当着家人的面痛哭流涕，哭罢，他在心里做了一个决定。

后记

  2016年政府规划建设，2017年张明福住进了新房，房子红顶白墙，还带着一方院子。他的邻居就是他的大哥张明宝，同样的，他的房子也是红顶白墙带着一方院子，这是新农村建设农房的统一样式，家家都如此，会聚在一起，在蓝天白云下显得十分漂亮。

  村路也修了，变成了水泥路面，下雨再也没有黄汤到处流了。他还继续种着他的向日葵，并且承包了其他村民的土地，如此每到夏秋季，地里黄灿灿的绵延一片。退耕还林后的林木也已长成规模，它们枝叶婆娑地随风送出歌声时，也向世人昭示着这片土地正在焕发出勃勃生机。